穿越中国
的 10134 公里

[阿根廷] 古斯塔沃·伍 / 著

朱婉君 / 译

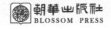
朝华出版社
BLOSSOM PRESS

题献

　　谨以此书献给我的父亲伍灼均、我的母亲塞利娅·洛伦索，卡米洛·埃斯特拉达·冈萨雷斯、昆西·马、卡米洛·桑切斯、内斯托尔·雷斯蒂沃、伍正桓、伍贵华、李筱琳、内纳德、黄楠老师、埃斯特万·马丘卡、詹妮、阿里、冯证、高宏、冯子骞、邱丰，"查克禅"帮的成员们：安赫莱斯·阿斯卡苏比、玛丽拉·曼西亚特拉、曼努埃拉·帕拉、巴布罗·马科夫斯基、伊琳娜·伍、费尔南多·帕万、安娜·贝伦鲁斯、安娜·路易莎·伍、洛蕾莱·丽塔、玛塞拉·费尔南德斯·维达尔、加斯东·拉斐尔·佩雷斯·伍、雷娜塔·M.帕拉、圣地亚哥·帕万、索朗热·德梅、保利娜·佩雷斯·伍、维维安娜·达布尔、加比·费拉里、埃莱娜·马科夫斯基。特别感谢莱利娅·甘达拉发挥智慧，使本书内容日趋成熟。

自序

———— 来自李筱琳女士的礼物 ————

我和李筱琳女士走出象鼻山岩洞，李女士示意我继续往前走，说她一会儿赶上我，便折回了洞里。我有些迟疑，怕她迷路。我朝一棵树走去，李女士的丈夫伍贵华先生在稀疏的树荫下等我们。伍先生问起他夫人，我向他解释刚才的事。他问我，她为何返回去，我说不知道，心里有些愧疚。我们静静地等着，身上不停地流汗，周围还有些虫子嗡嗡叫。终于，李女士出现了，她一边留意脚下的石子，一边露出美丽的笑容。她看着我的眼睛，向我要我的记事本，然后坐到她丈夫身边，摊开左手开始在记事本上抄写手上的内容。她掌心里记着一首诗，是她在洞里看到的诗。这也许是几个世纪前某个诗人的作品吧，又不知何时，某个书法家将它刻在了象鼻山的岩石上。桂林天气炎热，她掌心有些湿润。终于，她把诗从掌心转抄到我的记事本里。本子是女儿送我的，让我记录首次中国之行的感悟。女儿送的本子加上李女士赠的诗，可谓礼上加礼。如今，我把这两份礼物珍藏在布宜诺斯艾利斯。

——— 我的人生困惑 ———

一个人可能一辈子都在试图解开某个困惑。我上学第一天,老师点名,把我叫到身旁,指着名单上我的姓,问我:"它是什么意思?"

这把我难住了。难道不该是老师为学生解惑,怎么反过来问学生了?然而那位老师的困惑一直伴随着我。当看着家里的绣花图和那些书本里的汉字,听爸爸跟其他中国人说话的时候,我也会产生同样的困惑。不管我去广场上踢球还是去朋友家做客,我一介绍自己,别人就会立刻叫我"中国人",而我并不明白,身为中国人,到底意味着什么。

我人生相当大一部分时间都在试图解开自己的姓氏之谜。我的姓氏,代表着我的中国血统。我发现,有些疑问就像一口永远填不满的井,但只要坚持不懈地去填充,最终总能做成一些事——获得一点知识、产生一个想法、得到一份职业,或是体验一段人生,在"填井"的过程中,人总会慢慢找到自我。

1944年,中国南方,广东台山。三个孩子在一间屋子里蜷缩在一起哭泣,生怕门外的日本士兵发现他们的踪影。三个孩子中有一个叫伍灼均,他就是我的父亲。屋子周围有一片稻田,在太阳下发出青绿色的光芒。

几年后,这三个孩子离开老家去了香港。他们父母的想法跟当时很多人的一样:离开内地,去寻找更好的生活。

香港不是他们的目的地,他们想从香港中转去美洲,确切地说是美国。伍家最后都定居在了纽约。我父亲是第一个离开香港的,他要先到阿根廷中转,却不想这一"中转"便是18年。18年间,他像阿根廷人一样工作、交友、结婚、生子。

1954年,他坐上船,历经三个月,绕过半个地球,抵达巴拉那河畔的圣尼古拉斯城。那时他17岁,天不怕地不怕。不过他不是自己一个人来的,跟他同船的还有一批中国技术人员,他们要到阿根廷建造一家纺织厂,名叫"埃斯特拉",由一家名叫"南洋"的公司投资。

年轻的伍灼均像其他广东人一样，拥有迅速适应新环境的本事。他在船上学讲西班牙语，到达阿根廷后很快就和当地人交上了朋友。当地朋友约他出海、打网球、打猎，还带他一起抹着发蜡、戴着墨镜、听着摇滚乐去参加当时流行的野餐聚会。等到工作合同期满，很多同伴回到香港或去了美国，而他已经完全融入了阿根廷人的生活，并和当地姑娘塞利娅·洛伦索开始为未来做打算。

伍灼均被塞利娅的大家庭慷慨接纳。这是一个流淌着西班牙巴斯克人、加利西亚人和意大利都灵人血液的家庭。塞利娅有 14 个亲兄弟姐妹、50 多个表兄弟姐妹，在这些亲戚的"熏陶"下，伍灼均变得跟当地人没什么两样。"灼均"二字的写法也从 Ping-Yip 变成 Pinki 并保留了下来。他会组织丰盛的圣诞聚会（当圣诞老人还没上台就喝醉时，我爸爸就会给他准备一种难喝的水让他提神，后来那种水被家人称为"醒酒的中国茶"），还会租一辆小巴士，带全家一起去参加某个亲戚的婚礼或生日聚会。他跟他的岳母一起喝马黛茶，还给全家人拍照，跟连襟们去钓鱼。

20 世纪 60 年代，我和我妹妹安妮塔出生了。在成长过程中，我们经常听母亲说她娘家的故事，母亲甚至会给我看我外高祖母华金娜·阿拉斯图埃给我外曾祖母罗莎·奥杜纳写的信，那还是多明戈·福斯蒂诺·萨米恩托当上尉时候的事。但我对父亲的家庭一无所知。10 岁时，我想做一个家谱，在纸片上写下所有人的姓名，却发现，关于我中国亲戚的那部分始终是个谜。

20 世纪 70 年代初，中国移民开始涌入阿根廷。这时，父亲又带着我们一家来到纽约唐人街，跟他父母和兄弟姐妹团聚。在那里，我认识了我的祖父母和各位叔伯。我看到街上到处是中国人，那里的餐厅和我后来在广东看到的一模一样。直到来到中国，我才重新找回那时在纽约唐人街感受到的气息。

我在那时会玩一种叫"中国套盒"的游戏，就是打开一个盒，里面有关于某个问题的部分答案和一些新问题，还有一个装着新答案的盒。

再打开一个盒，又解开一些问题，同时又出现一些新疑问，就这样一个盒套着一个盒。对我而言，每个关于中国的问题在得到一些解答后，都会牵出一些新的疑问。

后来我在祖父母家看到三个大柜子，柜门总是紧闭着。有一次我不听话打开一看，里面放满了瓶瓶罐罐，瓶瓶罐罐里装着各种神秘的东西。受好奇心驱使，我慢慢知道，那些神秘的东西原来是泡在水里的水果、动物皮、根茎、菌菇以及其他干货，都是我祖母做饭用的。但我不知道，那是什么动物的皮，那是什么水果，祖母要用这些东西做什么呢？

有时我的某位伯父会带我们去一个地下室，那里总有几百个老人围着奇怪的桌子玩一种牌，后来我才知道那叫麻将，长得像多米诺骨牌。但我不知道那究竟是什么地方，那里的老人也都是我们家亲戚吗？

我花了很多年试图打开这一个个"中国套盒"。或许我早就把这个游戏当成了发现自己命运的过程，所以我后来学了新闻专业，成为一个提问者，我还学了人类学专业，学会研究和思考事物的起源。

在纽约，我父亲找回了他的归属。他跟兄弟姐妹、父母和其他老乡恢复了联系，身处唐人街，就好像不在美国，而在中国。他重新开始讲汉语，重新来到那些熟悉的气味和食物中，重新用中国人的思维方式看待问题。他回到了本属于他的世界，感到安心、自在。

可我的生活节奏却被彻底打乱了。我觉得自己不属于那里。父亲的家人对我们这些阿根廷来的亲戚非常好，但在当时，沟通障碍成为我们无法逾越的鸿沟。在纽约生活的六年里，我跟唐人街的一切水火不容，慢慢地，经常出现父亲和我这个十几岁的叛逆儿子不停争吵的场景，再后来，我离开美国，因为美国领事馆多次拒签，我许多年没能再去美国。

父亲定居在纽约，我跟他还有他的中国世界距离越来越远，我有20年没能见到他。20年来，我们在电话两头进行漫长而激烈的对话，我一直责怪他抛弃自己创建的家庭，选择回归他的中式生活。

这是一场永无止境的争论，年复一年，我们始终没能见面。其间，我作为记者在布宜诺斯艾利斯、里约热内卢、巴里洛切、圣尼古拉斯、利马和哈瓦那工作。我结婚生子，组建了自己的家庭。

但父亲终归是父亲，孩子可能不在他身边、看不到他，但心里始终想着他、永远不可能忘记他。孩子向父亲倾诉、向父亲请教的需求永远不会消失。

到了不惑之年，我在布宜诺斯艾利斯找到了父亲的中国老朋友罗尧。他就像亚历杭德罗·多利纳的小说《纸牌》里的主人公陷入查斯公园区的迷宫那样沉沦在阿根廷。他靠给一名笔迹鉴定师拍签字照谋生，住在法院区的一处公寓里，里头只能勉强容下他和他的那些画。他身在阿根廷，却成了一名中国古典画师。

我把罗尧当作重建我与父亲关联的纽带。我的作家朋友卡米洛·桑切斯也对这个中国老头很感兴趣。我们三人开启了一个冲动计划，就是编写一本书，记录我们共同翻译《道德经》的过程。可惜书还没完成，罗尧就去世了。但我和卡米洛意识到，既然我们对中国文化那么感兴趣，那就有必要为中国文化传播做些事。卡米洛将这份事业作为对美学和哲学的追求，而我，则将它视为对自己中国血缘的探索。

就这样，我把我的职业生涯转向中国。我创办了一本杂志，写了一部舞台剧和几本书，开始引起外界关注。

52 岁那年，我终于有机会第一次踏上中国的土地，这次旅行的感觉就像跳入一片海洋的最深处去探索。我在中国度过了两个月，我的汉语讲得不好，身上的钱也不多。我坐火车穿越一万多公里，途径城市、山丘、沙漠、农田、河流、村庄，去了 9 个省、19 座城市，住酒店、旅馆或新认识的朋友家，尝遍各种佳肴。在酒吧、在博物馆、在广场、在最长 32 个小时的火车旅程中，我和许多人聊天、交朋友。每到一处，我都要看个究竟。然后我发现，每个地方都是一个"中国套盒"。

我的中国之行的第一站是香港。60 多年前，父亲就是从香港出发去阿根廷的。接着，我进入广东，并来到父亲的家乡台山，还见到了老宅。当年日本士兵进村时，7 岁的父亲正是躲在这间屋子里。

我拨通了父亲的电话，告诉他我正在中国。电话那头的他十分平静。我本想告诉他，我终于实现了来到中国的愿望，但我们什么也没提。父亲只是说了句，那里什么也没了，也没人能接待我，我们家人都来了纽约。

然而，几天后，父亲还是让他一个朋友的女儿接待了我，她带我参观村子，还为我打开老宅的门。

这是父亲的祖父的房子。我去的时候，房子完好无损，里面没人住，但有几处小小的先人牌位，上面点着香，摆着红色、金色的图像，来纪念我们的祖先。她为我们准备了一个大桌，让我们做祭祖的饭菜。她还带我祭拜了先人，教我上香、烧纸钱。

屋子周围，绿油油的稻田散发出耀眼的光芒。

有一天，我在山间漫步，偶然看到五个孤零零的、古老的墓，一眼望去，周围是一片草甸，远处是大海。我突然觉得，我的祖先们或许也埋葬在类似的地方。另一天，我在一个人烟稀少的村子里看到一位老人，长得太像我祖父伍耀高，我惊讶不已。同一天，在另一个荒凉老旧的村子里，我居然看到一个跟我长得一模一样的人。我在世界的另一端经历了如此不真实的时刻，那里的一切犹如一个谜团串着另一个谜团。我觉得自己来到了一个平行世界里。那个男人跟我年龄相仿，体型相似，头发、肤色、眼神都跟我一样。我想，假如我祖父当年没带家人离开中国，或许我现在就像这个男人一样生活。或许我就是他，是一个地道的中国人。

几个月后，我去了纽约，终于见到了父亲。他还在唐人街里做着生意。20年未见的我们就像几天前刚见过面一样简单打了个招呼。我打开电脑，开始向他展示台山老宅的照片……

目　录

01 | 香港

我是在香港回归中国 20 周年前夕到的香港。香港是中国的 2 个特别行政区之一。2 个特别行政区，加上 4 个直辖市、5 个自治区和 23 个省构成了中国版图。香港由九龙半岛和许多岛屿组成，位于珠江口东侧，距离广州 100 多公里。

我特地选择从香港进入中国是因为，60 多年前，父亲是从香港出发去的阿根廷。"回归"是我反复说的词。我从哪里来，现在就回到哪里去。

但有人纠正我说："你的话很有意思，但有个错误。你出生在阿根廷，也从没去过中国，怎么能说是'回归'呢？你没从那里来，何谈回到那里去。你想到的是鲑鱼，它喜欢游回它出生的地方，但其实你说的是蝴蝶，喜欢飞往父母出生的地方。那里不是它的出生地，却是它的根。"

我马上表示赞同，脑子里出现一种奇妙感觉，因为我妹妹的中文名字就叫"秋蝶"，秋天的蝴蝶。

我应该说，我回到了父亲离开中国的地方，那个叫香港的地方。1842 年前后，香港逐步被英国占领。香港从受到英国殖民统治到回归到一个改革开放的中国，逐渐成为世界上最重要的金融中心之一，港币也成为世界上兑换程度最高的货币之一。香港还有与中国其他地方不同的经济体制，是全球经济自由度最高的经济体之一。

与记忆对话

───── 昆西 · 马 ─────

——你到的时候累坏了吧？

——真不累，感受不到累，只觉得充满活力，也没感觉到时差，白天晚上都没有……我整个旅途都不觉得累，完全不需要蒙头倒床上睡上一觉。到的那天晚上我睡觉时，可能脑子还是清醒的。

——那就是时差。

——啊，是啊，但我觉得自己精力充沛，步伐轻盈。我坚信一切会顺利，但同时内心又住着一个胆小鬼，总问："但是，如果……"我到香港机场时，"胆小鬼"戳戳我："要是昆西 · 马没在机场等你怎么办？你的航班延误了很长时间。"我一方面担惊受怕，一方面又满心期待这次旅行。

——昆西 · 马是谁？

——卡米洛 · 埃斯特拉达 · 冈萨雷斯的一个朋友。我以后再给你介绍卡米洛。我之后会写他的故事，到时候给你看。

——那你到的时候，昆西 · 马还在等你，还是已经走了？

——他在等我呢。他真是个好人。他相貌清秀，弱不禁风，就像一棵细瘦的小植物。他走路姿势很有趣，脸总是侧着，嘴上挂着浅浅的笑。我特别感谢他，我不停地跟他说话，他就总笑，偶尔发表他的看法，丝毫没有打断我的兴致。

📋 棕色笔记本

——— 变形生活 ———

我们从机场坐小巴士来到昆西·马的家。这一路很长，一眼望去，路上是数不清的高楼。灰白相间的楼和黑色的小窗，我在无数照片上见过，印象深刻，就像美国电影《变形生活》里飞机缓缓降落时，眼底下高楼密布的场景。

我正在经历自己的"变形生活"。这是一次不远万里的旅程，几乎从世界的一端来到了另一端。

这也是父亲在1954年走的旅程的第一站，而我就是那次旅程的"产物"——我在他到阿根廷六年后出生。

现在，我要回到父亲的家乡，身上"负担"着这些年来自己的收获。

"负担"这个词可能不太合适，似乎还带些贬义。我是带着富足感来的，这种富足感来自我的孩子们，来自我的朋友们，来自我的人生阅历。也许正是这种富足感，让我激动地抱住了昆西·马。

我紧紧地抱住了他那瘦小的身体，不留一丝空隙。那一刻，我觉得我怀抱的是自己的整个生命。

──── 回到香港 ────

我父亲从 14 岁到 17 岁在香港度过。他在香港上的中学，然后成为一名纺织技师，被派到南美洲建纺织厂。

我去中国前问父亲，他从前住在香港哪里，我想去看看。他告诉我，他们在香港的家早已不剩什么东西了，我不可能找到那个地方。我只好放弃念头。我父亲对这些事非常抗拒，我以前总试图改变他的想法，但最近我开始放弃我这固执又徒劳的念头了。

在这次旅行前，我一直以为父亲是 3 岁时被带到香港的。我印象中的故事版本是这样的：我父亲伍灼均 1936 年出生在广东，他妈妈在生他弟弟史蒂文时难产去世，当时他 3 岁。他的父亲伍耀高再婚。伍耀高家境不错，决定带家人去香港发展。

不过，这是我根据母亲告诉我的一些信息拼凑而成的故事版本。我父亲从没跟我讲过他在中国的生活，或者说，我实在想不起他主动告诉过我什么。我越问他，他越不说。我也记不清，我是从什么时候开始好奇自己的中国血统的。

不是每个华裔都会好奇自己的中国血统，我妹妹就从没想过这个问题。她跟父亲的关系一直都比我跟父亲的好，他俩好像天生就能融洽相处。他俩长得像，性格也像。我经常能在妹妹身上发现一些跟父亲相似的地方，而我自己则好像跟母亲这边的家人比较亲近。

我确实比较像母亲家人，但有时这种倾向就像一座桥，我 53 年来想逃又逃不走的桥。也许是因为母亲总叫我去向父亲索要我作为儿子应

得的关爱，我总觉得自己有资格让父亲说出我的身世，就像医生向病人询问他的家族遗传病史一样。

也许我母亲希望我像普罗米修斯一样开启中国之行——我穿越辽阔的海洋，回去盗取父亲不愿留给我的"火种"。

父亲为什么不愿告诉我他在中国的生活？每次我问他，他都沉默不语，我受够了那种沉默，以至于我总试图向我的孩子讲述他们来自哪里，他们都听厌了。对于父亲的沉默，我曾设想过许多种可能性，最初我嫌他太吝啬，到现在似乎慢慢地理解他了。我想，他们这一代人——或许再加上中国文化中的某些特质——惯于以权威武装自己。那一代的人总是告诉子女他们认为对子女有益的东西，而不是子女想要从他们那里知道的东西。什么东西有益，子女无权评判，只由"权威"来掌控。

要是子女向父亲主动要求什么，那似乎是在挑战父亲的权威。子女该做的，是接受和感激，而不是要求或请求。如果孩子向父亲询问某个信息，从某种意义上是在质疑父亲，这是"不对"的，对父亲、对孩子、对家庭都没好处，因为这么做破坏了事物的"正确"秩序。

我甚至还想过父亲不愿告诉我他在中国生活的另外两个深层原因。一方面，父亲的妻子，也就是我的母亲的"挑唆"，让父亲觉得家庭结构出现了问题。妻子挑战丈夫的权威似乎是不对的，尤其还是通过儿子、通过长子去挑战；另一方面，如果这一挑战来自他的妻子，那他可能认为，妻子这边的家人都与他作对。那么哪怕我提出一个类似"我爷爷在中国是做什么的"的简单问题都会让父亲感到不快，因为他会觉得是母亲这边的阿根廷人让我这么问的。

如果是这样，那父亲可能相对没有那么排斥讲述他的过去，而是排斥周围人的"攻击"。

总之，只要这本书是在布宜诺斯艾利斯写作的，就免不了这些带着精神分析色彩的言语。当我写下这些文字的时候，我意识到原来父亲那么避讳谈及自己的过去。我到中国不是为了当普罗米修斯，而是为了跟中国亲密接触，但我走之前还是没问清楚父亲的身世。

不好意思，我得中断一下，去给身在纽约的父亲打个电话，问问他，看他怎么说。

与记忆对话

——————— 与父亲通话 ———————

——后来怎么样了？你给你爸爸打电话了吗？

——打了，他在店里忙着，店在福赛斯街和格兰德街的街角。他一年到头每天忙他的生意，就像加西亚·马尔克斯书里写的马孔多那些书店里的叙利亚人一样。他的店就是他在世界上的容身之地。哪天他要是不去店里了，那就说明他开始给自己挖坟了。

——那你电话里问了他什么？

——我先问他身体状况，问他最近吃哪些药，他一一告诉了我。他活得比我健康。他前一晚还跟他妻子爱丽丝去参加了一个婚礼。他比她大两岁。

——你打电话的时候紧张吗？

——紧张。我想把对话引到我的那几个问题上，又总怕他听了生气。但我最后什么也没问，因为他在忙，不得不挂断了电话。他说以后再聊。

——他的店是在曼哈顿下城的唐人街吧？

——是的，几年前，我看新闻说，那里的唐人街已经变成了一个真正的中国城，有一万多居民，所有在中国能买到的东西都能在那里找到，从路边鱼缸里卖的活龙虾，到神奇的冬虫夏草，应有尽有。我小时候住那里，见过那些，但我从没见过哪家餐厅像我到香港的当晚昆西·马带我去的那家那样。

——— 广式餐厅 ———

——昆西·马带你去的餐厅怎么样？

——餐厅在一个市场的三楼，那个市场占了整整一栋楼，三楼也不只有一家餐厅，而是好多家连在一起，分不清哪家是哪家。其实也能分清，因为每家餐厅的侧面都有一个柜台，就跟一个大型购物中心里的美食广场一样。每个柜台后边都有服务员，里面是厨房。柜台上面，贴着各种彩色图片，还放着一本菜单。除此之外，餐厅之间就没什么区别了，餐桌都长得一样，也没有分开摆放，服务员穿得也一样，菜单上面的菜品、价格、图片也没什么区别。所有事物挤在一起，就像意大利作家伊塔洛·卡尔维诺在《宇宙奇趣》里写的故事《一切于一点》一样。

——你倒着时差还能观察到这些细节呢。

——大多数桌子又圆又大，铺着红色的桌布，食客穿着各种鲜艳亮丽的衣服，这种现象在中国南方很常见。每张桌上至少能坐 12 个人，桌子中央挤满了各种各样的餐盘，里面盛着鲜红的对虾，绿色、橙色、紫色的蔬菜，白亮的米饭，抛光宝石般红色或黑色的酱汁。菜单海报覆满了柜台周围，就连餐厅里面的上部空间也装饰着各式海报，上面印着各种菜品，还有食品、饮料广告。在桌子与桌子的狭窄空隙间穿行的既有服务员和食客，还有一些穿着那种足球俱乐部鲜艳制服的漂亮姑娘——她们是一些啤酒品牌的推销员。她们有自己的摊位，此外还会到处走动推销自家产品。假如我是个好作家，我得用一整本书来描写广东菜的风味。对我来说，那晚品尝到的广东菜的味道，跟当时喧闹的环境和碗碟交错的声响混杂在了一起，它们都那么奇妙、透彻、交错、刺激，也令人费解。

📔 棕色笔记本

────── 拼贴墙 ──────

晚饭后，我和昆西·马在他家聊了很久。他看着一面贴满各种图片的墙，告诉我每张图片背后的故事。在拼贴墙上，有地图、照片、册子、便条，还有些他从其他国家带回来的明信片，但更多的是跟我一样曾在这里留宿的朋友们寄给他的。他眼睛不经意地扫过所有图片，就像用布第一千零一次擦拭这面墙一样。昆西说："我是个孤独的人。这些天我很难过，因为我和一个拉美人分手了。我因为分手而伤感，我接受自己孤独的常态。"

我们陷入了沉默。然后他对我说："对我来说，世界上最重要的人是我的妈妈。"他告诉我，他母亲常在文学方面引导他，说着就去自己的房间，拿了一本书回来。"我真开心家里来了个阿根廷人，这是我最喜欢的一本书，是阿根廷人写的。"他把书递给了我，原来是曼努埃尔·普伊格的《蜘蛛女之吻》。

我送给了他几张旅游部给我的明信片，有张明信片上是一匹匹驰骋在伊韦拉沼泽的野马，而昆西也姓马。

与记忆对话

——— 香港一瞥 ———

——你跟昆西·马一起待了几天?

——没待,我第二天就走了。昆西·马六点半就叫我起床,好让我在去珠海前看一眼香港。他先带我走出他住的楼,指给我看楼的正面正在维修。这是一栋 15 层高的楼,孤零零地矗立着,被像巨型蜘蛛网一样的棕色网布包裹着,施工人员在竹竿搭设的脚手架上灵活走动,犹如小昆虫一般轻盈。

——你们还出去走了吗?

——是的,我们经过了前一晚吃饭的市场,我一直很喜欢去市场这样的地方,我以前看过一本书……

——什么书?

——克洛德·列维－斯特劳斯的《忧郁的热带》。我跟昆西·马说,我想去昨晚去的市场看看。在市场里,我看到一排排油亮的烧鸭,整只整只地挂着,脑袋什么的都在,身上涂着甜甜的酱汁,一旁还有大块的叉烧。蔬菜堆得跟山似的,让这个地方像小丛林一样充满生气。我还看到各种形状和颜色的鱼放在缸里卖，看起来比水族馆里的鱼还多。

社交分享

古斯塔沃·伍：大家好，我在这里一切都好，虽然旅途有点长，感觉就像去了趟纽约，回来还没下飞机就又去了趟委内瑞拉。这里湿度很大，跟侏罗纪公园的丛林一样。天气太热了。中国人也太多了。

伊琳娜·伍：天啊……城市漂亮吗？是不是很繁华？

古斯塔沃·伍：到处都是人，就像各种颜色的羊毛织成的球一样，另外还缠着狗、船、公路、山，还有你能想到的一切。

曼努埃拉·帕拉：哈哈哈哈哈，看你说的！！！

雷娜塔·M.帕拉：Ni hao（你好）！

棕色笔记本

——— 美丽的姑娘 ———

"我带你坐地铁兜风去。"昆西·马说。我们坐到旺角站。旺角是香港这座世界商业之都最繁华的地方之一。我们沿着广东道走，走进朗豪坊商场，一眼望去，极尽奢侈。昆西·马说："这里都是西方品牌，跟我们有什么关系？我们并不喜欢，这些钱包、器具不是我们喜欢的款式。来购物的人大多也不是香港本土人，很多都是内地过来的，他们现在收入高了。"

我在商场里看到一个中国女人，她是我在整个中国之行中见过最美的女人。她把中国人长相的优势发挥到了极致。她被印在一幅7米长、

3 米宽的海报上，我看着她的脸，纯正的中国女人外貌，毫无瑕疵的光滑皮肤，我见过的最细长的双眼，眼神那么坚定、冷静，使我一阵眩晕。她跟主流的、迎合西方人审美的中国女孩长相截然相反，却那么美丽动人。

我想起布宜诺斯艾利斯的一个中国女孩邱海恩，想必她能明白我的感受。海恩和家人从上海移民到如此遥远的阿根廷，还到了更偏远的里瓦达维亚海军准将城郊外的拉达蒂莉镇，行走在饱受狂风肆虐的巴塔哥尼亚地区。海恩生活在冰冻的海边——灰色的大地，灰色的海洋，灰色的天空，灰色的飓风——这个中国女孩就从灰色的云层中走出来，独特、奇妙、美丽，仿佛是被仙女们抚养长大的皇后，她来到现代世界中，当歌手、演员和模特。要是阿根廷人看到了旺角商场海报上的女子，也一定会惊呆的。

——— 坐船去珠海 ———

没过多久，我就坐船去了珠海，卡米洛·埃斯特拉达·冈萨雷斯在那里等我。上了船，透过船窗，我看到水上还有竹筏、油轮等大大小小的船只，岸边则建满了楼房，很有生气。我们走的是水路，但有一瞬间，我发现，船马上就要穿过一座高得不可思议的桥。我以为自己在做

梦，但再定神一看，确实是桥，就在船前方。我赶快拍了张照片，好让自己不再怀疑。

环顾四周，大家都睡着了，伴着海浪和单调的马达声摇摆着。而我觉得有些不真实，面带微笑，睁大眼睛，不

知自己身在何年何月。

我向岸边望去，看着躲在建筑后方的山群，光滑得像猪的背脊一样的石头裸露在绿绿的山丘表面，留下一块块斑驳的阴影。我开始回想罗尧——跟我父亲一起去阿根廷的老朋友。他跟我说起过香港，他自己就出生在香港。他曾说，香港到处是商人，人们最早在那里开采盐和珍珠，后来学会了跟英国人做生意，合法的、违法的都做。

罗尧曾跟我讲过香港在日本侵略者统治下的恐怖时期。当时他年纪小，已经没了父母，后来抚养他长大的祖母也去世了，他只能每天在饥饿中徘徊。许多妇女被日本士兵强奸，许多男子被他们杀害，老百姓的食物被他们抢去，大批人逃离中国。他说："我之所以能活下来，是因为我还很小，吃得跟小鸟那么多就能过活。"

罗尧去世时非常穷，但他在去世前就做好准备，安排把自己的骨灰带回香港。也许在我和昆西·马走过的某个角落，或在这些矮矮的、圆圆的山丘中，我曾经过我这位老叔伯的身边。

我想着罗尧睡了过去，直到被人们争相下船的喧嚣声吵醒。我终于到了珠海，到了中国内地。

02 珠海

　　我在中国内地迈出的第一步，凝聚着这个时代的缩影——珠海和深圳一样，都是从渔村发展而来的大都市。珠海是数百年历史沉淀的瑰宝，一座现代到极致的城市，这里到处是年轻大学生，他们的家庭拥有跟这里经济增长速度相匹配的购买力。在渔村时期的房屋、寺庙和其他建筑，也慢慢换上了国际化的外观。

　　卡米洛·埃斯特拉达·冈萨雷斯在珠海接待了我。他是墨西哥人，在珠海当教师，同时也是位艺术家。他像天使一样守护了我整个旅程。

社交分享

古斯塔沃·伍： 我遇到一个喜欢我们阿根廷国足的姑娘。

伊琳娜·伍： 这姑娘会讲西班牙语吗？

古斯塔沃·伍： 她爱阿根廷足球，但她没去过阿根廷，她甚至不知道自己穿的是什么 T 恤！

加斯东·拉斐尔·佩雷斯·伍： 假象而已。

圣地亚哥·帕万： 他们喜欢梅西吗？

古斯塔沃·伍： 我还没细问，我只说了句"你好"，但他们似乎没听懂。

📋 棕色笔记本

——— 澳门和珠海 ———

我从珠海码头走出来，在一堆不知在提供什么服务的人中，看到了高大的卡米洛·埃斯特拉达·冈萨雷斯，他面带着微笑。卡米洛就像一颗星星，引导我从布宜诺斯艾利斯一直到中国之行的最后一站——上海。

先说一说澳门。早在 1557 年，也就是明朝时期，就开始有葡萄牙人在澳门留居。当时中国北方正加固增修长城来抵御外敌，而在南方，几个世纪以来跟外国人做着各种生意的广东人开始跟欧洲最西部的水手们打起交道。此后，葡萄牙人强居并侵占了澳门，直到 1999 年 12 月 20 日澳门回归，成为中国的一个特别行政区，拥有高度自治权。我听说，留在澳门的葡萄牙人已经不多了，但这里依然保留着独特的葡萄牙风格建筑，在里斯本和里约热内卢也能见到的黑白波浪形状的葡式碎石路，还有赌场。

在小小的珠海，还有为数不多世代相传的渔民，他们跟后来的渔民不同，现在已不再捕鱼，政府付钱买下了他们破旧的船屋。那还是 20 世纪 70 年代，政府决定把珠海从小渔村变成一个现代化港口城市。

珠海一直在大力吸引外资，城区崭新、干净、漂亮，没有那么多交通和人流。我注意到，那些看到我们从香港过来而疯狂拥上来的揽客人，不是为了拉我们去住宿、给我们当导游、带我们去参观，也不是出租车司机，而是想给我们推销房地产。他们握着印有房屋信息的大册子，像床单一样往我们脸上扑过来。卡米洛和他的同伴老牛告诉我，很多人从拥挤的香港逃离到舒适、整洁的珠海来安家，那些人还是在香港工作，只是每天从珠江口坐轮渡往返，单程还不到一个半小时。

💡 与记忆对话

———— 唐家湾古镇 ————

——你到中国内地后先做了什么？

——我和卡米洛还有老牛一起去了唐家湾古镇。唐家湾是新城区里保存完好的一颗珍珠。我刚在他们家放下背包，就被带去了那里。我们在迷宫般的小街上穿行，看着一百年、三百年甚至历史更久远的老宅，一个挨一个，有些已经没人居住，它们的主人早就搬到了新建的楼房里。古镇上所有房屋都用边缘锋利、表面光滑的灰砖砌成，正门用重木制作，可以看出工匠精湛的技艺。由于南方夏天气候潮热，许多房屋的

墙皮都已脱落。这里的天气也适合植物生长并蔓延到最不起眼的角落，也因此伴生出许多小昆虫。

——但房子还好好立在那儿呢。

——是的，而且那些修复后的房子也把我惊讶到了，房子的结构保存得完好无损，其中一栋还被改建成了咖啡厅，古色古香却现代时髦，像是一个针对中上层年轻人的轻松、精致、优雅的精品店。咖啡厅有个露台，露台建在另一栋坍塌的楼房上，所以高出一小截。咖啡厅一楼分成两个小厅，其中一个带吧台，二层也有两个厅，都是居家风格。建筑师根据原有的木具做了复制品，灯光设计得更现代，看起来更显精致。所有饮品和食品也和建筑保持一样的风格，融合了传统与别致、高贵、国际化、现代化的设计。在这样的环境中，我感到非常舒适，觉得自己处于一个"非场所"。虽然这里能感受到强烈的中国古风，但我们还是可以想象自己身在魁北克、利马或日内瓦。裸露的空间、有设计感的照明、投影到墙上的电视、极度整洁的舒缓、慵懒的风格，身处咖啡厅，似乎跟沸腾的外界毫无关系。

——谁会去那种地方呢？游客吗？

——到珠海来的游客确实越来越多了。另外，这里还吸引了很多大学生，其中大多数都来自购买力比较强的新兴阶层。那家优雅又休闲的咖啡厅就是为他们开设的，另外还有很多类似的地方正在建造中。有些店就跟那家咖啡厅一样，开在只能步行的小巷子里，还有些则开在横穿这座小迷宫的、热闹的山房路上。那天是周日下午，山房路上到处是自行车和摩托车，一些穿着校服的寄宿小学生成群结队行走着，还有女人们推着婴儿车，高档轿车、人力车和狗往来穿行。摩托车、人力车和轿车时不时按响喇叭，好让人群散去。在中国，人们对噪声似乎习以为常。

——那些小巷子是公用的还是属于私人的？你说街上有那么多车、那么多人，怎么好像什么都跑到了街上。

——人们似乎并不在意"公"和"私"。在中国，存在"集体的"和"隐秘的"观念，但我觉得这不等同于公私之分。那些小巷子就像任何国家的老城区一样，有公有，有私有，或者还要早于这种划分——可能是绕过了这种划分，或早把它丢之脑后。如果有三人站在巷子里聊天，另一个人想要穿过去，他不会尽量从那三人的外围走，而是直接从这三人中间走过去，这么做没什么问题。他可能根本没觉得这种情况下存在所谓的"隐私"。中国人对集体的概念要比我们强烈。个体会顺从集体，个体也希望属于某个集体。

棕色笔记本

——— 闯荡好莱坞的人 ———

在一处废弃的寺庙里，一些青年正在练功夫。朝街的墙上有一个入口，进去先看到一块空地，然后要再通过另一面墙上的门，才能到里面。正中央是一个方方正正的院子，三面被高高的房屋围绕。往里面望去，在练功人的身后，放着过年舞狮时用的五颜六色的道具。

这时，一位先生过来问我们到访的目的。卡米洛和老牛说了几句话，那位先生开始跟我讲英文。他告诉我，自己在好莱坞待了 50 年，参与拍摄功夫片。他穿着符合中国人审美的裤子、鞋子、大褂，但都是美国货，散发出光泽。他显得有些扬扬得意，叼着烟嘴，头发油光锃亮，看上去特别自信。突然间，我觉得我就像一个卑微的采访者，向一个大名人问一些傻问题，周围仿佛有一个拍摄团队，用大摄像机记录下这些画面。他并没有跟我们讲话，实际上，他眼里根本没有我们，他好像在跟要看这个采访的观众讲话。他提到李小龙和成龙，还说自己在美国打拼成了百万富翁。

这个寺庙看起来好像已经存在了几百年，虽然没坍塌，但也没得到

好的保护。墙面没有涂漆，灰尘从地上扬起，盖住了墙面和随意丢在角落的东西。正在练功夫的是一些普通的孩子，就像在布宜诺斯艾利斯踢足球、在美国打篮球的年轻人一样。他们练得不差，但也不突出。他们穿着各种颜色的上衣和短裤，有男孩，也有女孩，看起来不像大学生。他们的自行车停靠在一侧。

🗨 与记忆对话

——— 一次午餐 ———

——珠海有很多大学生吗？

——太多了，而且大多家境不错。

——你去那里的大学里看过吗？

——我去了中山大学，校园非常大。卡米洛和老牛带我逛过一圈校园，然后就去了街上的一家大排档，花几块钱就能吃一顿。卡米洛跟我说："就算吃遍珠海的餐馆，也绝对找不出哪家比这里好吃。"这个大排档在一条宽宽的街道边上，摆满了桌子，灶具规整地摆放着，不时飘来诱人的香味，直通鼻子，带动神经。每张桌子前都有一位动作利索的厨师，还有一堆碗、桶、蔬菜、牛肉、鸡、鸭、菌菇、各种鱼，还有各种各样的酱料。气味、噪声、油烟，还有厨师的亢奋状态带动了每一桌的气氛，一份份菜品快速地朝着围满年轻人的桌上飞去。

——新贵家庭的孩子会去那里吗？

——卡米洛说不会。"你看到那些书了吗？"他说："到这里来吃饭的学生都是四处寻找性价比高的地方的人。"在一长溜大排档的尽头，是一张张桌子，上面堆放着各种书，摆得高高的。成百上千的书跟食物堆在一起。中国人的生活状态是疯狂的，什么都能混合在一起。大学生们会去那些书摊淘书。

——你们三人聊了什么？

——我们吃着午饭，卡米洛和老牛花了不少时间跟我解释一些汉字的象形含义。比如"家"这个字，上边的"宀"是指屋顶，下边的"豕"代表一头猪——这是中国古代"猪"的写法。他俩看出我的疑惑，"得意"地跟我解释："你想想在发明'家'这个字的年代，如果屋顶下有一头猪，那人们就能聚到一起生活了，因为有肉吃就不会挨饿。"关于这些表意文字的解释贯穿着我整个旅程，给我留下的印象是，汉字反映出中国文化特质，是一门既简单又深刻的学问。

03 | 台山篇

台山地处广东省珠江三角洲。广东曾有四邑——开平、新会、恩平和台山，复安村就在台山，伍家老宅至今保留在那里。

20世纪30年代末，我爷爷带着家人离开复安村，一起去了美洲大陆，他们之中有的去了阿根廷，有的去了巴西，有的去了美国。他的孙辈中，我是第一个返回中国的人。我走进伍家老宅，祭拜了祖先，就这样找回了我的中国根。

对于我去中国这件事，父亲一开始很抵触，后来变得十分支持，还主动联系他在村里一朋友的女儿伍小铭来接待我。

我和小铭雇的翻译，还有我父亲现任妻子的两个儿时玩伴一起去参观了复安村。复安村修建铁路后带动了整个地区的经济，那里还有美丽的自然风光和建筑、侨乡风貌社区、地质公园、海滩和其他吸引人的地方。

那些天，我开始理解，像复安村这样的村落之所以变得没什么人气，是因为很多人像我父亲和家人那样移民到了美国。到20世纪下半叶，大多数村民都移民走了。很多移民美国的中国人都来自我的老家台山。

我还了解到，这些移民离开中国后，还会一次次地回到故乡，正因如此，在这里可以看到一些由旅居纽约的台山人资助建立的学校和慈善工程。可以说，40 年来，海外华人为推动广东工业化快速发展做出了重要贡献。而我父亲也保留下了伍家的老宅。

📓 棕色笔记本

——— 父亲的允诺 ———

我出发前没几天才告诉父亲，自己马上要去中国了，他有些惊讶。

从伍家离开中国到现在已经过去了半个多世纪，终于，小辈里有人要回去了。

电话里，我说完准备去中国，还没等他喘气，又跟他说，我还准备去他老家台山看看。或许我跟父亲之间的"正确"做法是，先向他表达我想去中国的愿望，过段时间问问他的看法，再听听他的建议，最后等待他答应或不答应，期待得到他的祝福。但我跳过了这些步骤，直接把我要去中国当作既成事实向他宣布了。

父亲跟我性格相反，他讲究规矩。他从不会随心所欲、感情用事，总是悲喜不形于色的样子。当曼哈顿的双子塔被飞机撞击倒塌的时候，他还在 20 来个街区外的店里做着生意。我好不容易拨通他的电话，他冷静地说："我们能怎么办？这个国家总有战争，战争时发生这些事很正常。"

听了我的话，父亲有些担忧，问我跟谁一起去中国，去了怎么交流，准备怎么到台山。我告诉他，我一个人去，但有个阿根廷朋友给我介绍了一位在广东生活的墨西哥教师，他会帮助我。

他停顿了一下，只说了句："很难。"

几天后，我们又说起我的中国之行，他又问我计划好怎么去中国、怎么去台山了没。

"那位教授会帮我一把的。"

"他是中国人？"

"墨西哥人，我们这些天刚认识，他人特别好。"

"他讲中文？"

"讲得比中国人还好。他在中国住了八年了。"

"哦。"

"他住在珠海，珠海离台山挺近的吧？"

"是的，现在去起来方便了，走高速公路只要半小时。"

"我会在他家待几天，然后就去台山。"

"要到我们村并不容易。现在什么都变了。"

"你在那里生活到几岁？"

"十三四岁，然后我们就去了香港。"

"整个旅途不太容易，但你难道不想让我去看看你生活过的地方，你上过的学校，你走过的街道、桥，还有其他带有你痕迹的地方吗？"

"去了也找不到了，那里变化特别大。几乎所有房子都推倒又盖起了新楼，就算我去估计也找不到什么以前的地方了，更别说你，你连语言都不通。"

我这辈子很清楚，当我父亲合上一扇门的时候，别人是怎么也撬不开的。

我心想："看情况吧。我可能去台山，也可能去不成。"

又过了几天，父亲从微信给我发来一张照片，上面是两串号码。应该是电话号码，但他什么也没说，我也没问。第二天晚上，他给我打来电话，告诉我那两个号码是他一个台山朋友的电话号码。

"等你到了香港就给她打电话。"他"命令"道，"她会接待你的，她在村里很有人脉。"

这就是我父亲。他不会妥协，也不会迫于压力做事，当他孩子坚持某件事的时候，他一开始可能会拒绝，但最终还是会接受，并发出"指令"。

真是慷慨中带着骄傲。

与记忆对话

——— 复安村老宅 ———

——我在台山老宅拍了些照片。这个房子是我曾祖父建的，他还在同一个村里给四个孩子中的三个建了房子。然后他就去了美国，在餐馆打工，在美国去世，那还是在我祖父带着妻子和子女到美国之前。

——你们老家的村叫什么？

——复安村。复安村是先规划再建造的，有三排房子，每排大约20栋，每栋里面能住两家人。每栋房子有两个入口，一户人家一个，另外还有一块公共区域。这片房屋边上有个池塘。那时候每栋房子里都住着人，天气热了，男孩们就在池塘里洗澡。我爸爸告诉我，池塘里还

能抓到鱼和蛤蜊来吃。另外，还有一片供人休息的区域，紧密的树荫为乘凉的老人们遮去夏日的炎热。村子周围都是稻田，当地人就在那里耕作。我去的时候，稻田在阳光照耀下闪烁着翠绿的光芒。还有人在地里耕作，但房子几乎没人住了。他们跟我说："那些人都去了美国和加拿大。"

棕色笔记本

——— 华侨之乡 ———

台山素有"中国第一侨乡"之名。根据马德琳·许和麦礼谦的调查，在美国住着将近 50 万台山人，75% 的美籍华人祖上都是台山人。此外，大约有 130 万台山人生活在世界上的 91 个国家。

可能还有很多台山人去了广东省会广州。中国从 20 世纪 80 年代开始逐渐成为世界工厂，广州作为中国工业化试验田，吸引了大量来自省内和其他省份，甚至偏远省份的劳动人口。

我们家的老宅也同样空置着。

在我的印象里，中国每一寸土地都住满了人。所以看到这些空房子时，我觉得有些不可思议。

社交分享

圣地亚哥·帕万：天啊！我们在中国有落脚的地方了！

古斯塔沃·伍：你之前说得对，我刚到这里的时候觉得很滑稽，过了一会儿，突然发现：嗯……滑稽？

圣地亚哥·帕万：说正经的，如果我们去中国，一定要去那里。

伊琳娜·伍：你们家怎么会在那里？

古斯塔沃·伍：我一直拼命想搞清楚，我爸爸家以前在中国是干什么的。你这个问题可能引出一系列传奇故事，我们得一起发现，或者就留给你们去发现了。

曼努埃拉·帕拉：这体验太神奇了！

古斯塔沃·伍：这不光是个神奇体验，还是一场寻根之旅，一场寻找"我是谁"的旅行。假如我一直理所应当地活着，或许我的人生过得风平浪静。但我走了这条路，就要承受风险，接受自己的人生轨迹将被改变的可能。

伊琳娜·伍：你从老家带个东西回来吧，比如一块小石头。

曼努埃拉·帕拉：带一块墙砖吧！

与记忆对话

——— 祭拜祖先 ———

——你们老家的房子里不住人了吗？

——基本没人住了，只有我父亲的表妹伍惠娥还住在台山，她帮忙照看着房子。

——你见到她了吗？

——见到了，就是她带我去看了老房子，我的到来似乎让她很感动。我不清楚在美国的家人回去过几次，只知道我父亲离开中国二三十年后回去过一次，几年前我叔叔离旺也回去过。可能还有其他亲戚回去过，

但我印象里次数很少。

——所以就由你父亲的表妹来照看房子？

——我父亲是家里的长子，他负责给老家寄钱，让人打扫修理老房子。对于我表姑惠娥来说，我就是代表着一家之主过来的，我也要负责维护祖先的房子，这是我们家在这个世界的根。惠娥对我十分尊敬，甚至可以说是毕恭毕敬，但不是卑躬屈膝，而是极其亲切。她时不时会朝我这里看，到我身边跟我讲话，虽然她也知道我听不懂中文。她还总拉着我的手臂，对我微笑，眼里流露出的纯真让我一辈子都忘不了。

——你走进老家房子，感觉怎么样？

——惠娥为我的到来准备了一系列的仪式，基本都一样，要在每个祖先的牌位前祭拜。这个房子基本上是为了供奉祖先准备的，各个祭坛根据祖先的地位来排位。

——祭拜仪式是什么样的？

——都是做简短祈祷。惠娥会一步步教我怎么做。首先要在屋外对天拜，对面会放一张桌子，桌子中间摆着一整只熟的母鸡，周围有各种各样的菜，还放着一壶酒和几个小杯子。拜天之后，我拿起一个小杯子，盛三次酒，朝地面洒三次。

——那进了屋子要干什么？

—— 一样的，我在屋子里的六个祭坛前分别拜了拜，另外还要给每个祭坛前的香炉里上香。其中有个祭坛特别高，要爬梯子才能够到。这是最重要的人物，也就是我父亲的祖父母和他母亲李月爱的祭坛。他母亲去世时，父亲才六岁。后来，他父亲伍耀高又娶妻，叫雷转娣，雷转娣就成了我父亲的继母。拜完所有祭坛后，我们还烧了象征金钱的纸，最后开始吃桌上的鸡和其他食物。

——你们在每间老房子里都祭拜了吗？

——三间老房子，我们去了两个，在其中一间里祭拜。

——你爸爸是在其中一间老房子出生的吧？

——我以前也这么以为，但从我去了中国之后，我父亲开始慢慢告诉我一些细节，我才知道，他们以前总去祠堂，有时候还在那里过夜，但他们其实住在一个叫"四九"的镇上。之所以叫四九镇，是因为以前每个月逢四逢九都会赶集。在他们住的房子里，楼上是生活的地方，楼下是他爸爸开的店，卖鸡肉和农产品。

——你去四九镇上的老家了吗？

——没去，因为那房子已经不在了，而且我当时还不知道它的存在。

——也就是说，你爸爸是在你旅行回来后才告诉你这些事的。

——是的，他还跟我说了一些关于我去的那所老房子的回忆。他说："有次日本人到村子里，我们一些孩子就把自己锁在屋子里，屋子外有铁条，所以日本人进不来。我和我一个表弟，还有个朋友，我们都吓坏了。日本兵开始用枪托砸门，感觉门快要被他们撞烂了。我们在里面吓得直发抖，偷偷哭。我们听到外面有人跟日本人一起对着我们里面喊：'开门！开门！'"日本人制造了230起谋杀，闯进了台山。

——那所房子是什么样的？

——中间的公共区域很大，远处地上有个水池，可以从水泵中抽水洗碗、食物、衣服等，两侧好像是对称的结构，分别是厨房和一个可能是卧室的房间。一层用来存放农具和粮食。从公共区域可以通到一个露台上，露台也是公用的。

——这是什么年代的房子？

——19 世纪建的。

棕色笔记本

——— 不太平的地方 ———

我在台山见过好几个复安村那样的村子。有些村子不仅有成排的房屋，还有大宅，都是塔状的旧建筑，中西风格相结合，叫作"碉楼"，在台山旁边的开平随处可见。

这些碉楼设有防卫岗亭，可以从里面向外开火，都是 19 世纪建造的。19 世纪，这里曾发生过鸦片战争，后来在 1854 年至 1867 年，又发生了土客冲突。到了 20 世纪，这里又遭受日本侵略。可以说，碉楼多次发挥了防御功能。

或许就是持续不断的战争使很多人离开了这里。

历史学家认为，台山存在一种移民文化，这种移民文化源自不间断的自然灾害和我提到的那些战争，也许还有积极的一面：加利福尼亚淘金热唤醒了一部分人的雄心壮志，还有一些人为了改善生活，去了美国和加拿大修建铁路。

💡 与记忆对话

—— 小铭 ——

——或许你父亲非常希望你去祠堂看看，只是之前没主动跟你说。

——我父亲从抵触我去中国，到后来接受我去中国，这之间或许自有他个人的故事。毕竟他曾经的妻子不是台山人，更不是中国人，他跟她结婚后，不得不面对一些不可预见的情况。

——让我们说回那个老房子，回到惠娥教你祭拜的时候。你俩单独去的？

——不是。我在这一章开头提过，父亲曾发给我一个人的电话号码，说这人很重要，她会接待我。她是父亲一个儿时朋友的女儿，父亲小时候就跟他朋友在这所房子里玩耍。"他已经去世了。我们以前

非常要好，就像亲兄弟一样。"父亲告诉我。那位女士叫小铭。她个子不高，光彩照人，跟她名字一样漂亮。问题是，父亲一边跟我说很难在老家找回我们的根，另一边又一直联系人，好让别人把我当国王一样招待。我家这老头子做的这些事让我感到伤感。他没事先告诉我，就给我在当地最好的酒店订了三天房，帮我雇了翻译，找来一个很久没联系的亲戚接待我，还让他现在的夫人找她的朋友时刻陪伴我。这些都是我到了那里之后才知道的。

——小铭也陪你去了你们家的老房子？

——在台山，小铭一直陪着我，她就在我父亲生活过的镇上生活。她是名会计，在当地一家重要单位工作，有一双儿女。她在当地很有人脉，似乎走到哪里都有好朋友。她很健谈，在任何情况下都应对自如。她对谁都很尊重，因此也受人信赖。她勇敢、聪明、主动、活跃，我光看到她健步如飞的样子就忍不住屏住呼吸。她做事效率极高，从不大呼小叫，跟所有人都能像朋友一样愉快相处。她总是比其他人多想一步。她近乎完美，还很和善。她的时间一定很宝贵，但她还是出于对他父亲和我父亲的感情，花了整整三天时间来陪我，向我敞开心扉。她不会讲英文，但我们告别的时候，她用英文对我说："我们是一家人。""你就是我的妹妹。"我用中文回答道。她又示意我是她哥哥，但她没用普通话或广东话叫我哥哥，而是一直用英文叫我"哥哥"。

📖 棕色笔记本

——— 台山人 ———

我在台山只待了几天，却感觉像在那里生活了一辈子。

我从珠海坐大巴到台山，小铭在车站接我。她手里举着我的姓名牌，不过我看到牌子前，就认出了她。

她身边是一名叫迈克尔的翻译，迈克尔先上前一步跟我握手，感觉像两名军官会面。她问我有没有吃过饭，先请我吃了饭，才带我回酒店休息。第二天一大早，他们就过来接我了。

小铭开车。他们把副驾驶座专门留给我，好让我看风景。翻译跟另外两个女人坐在后排。这两个女人都是我爸爸现在的妻子爱丽丝的朋友。大家挤在一辆车里，就像生活在一个小世界里。

那两个女人是爱丽丝的挚友，从小一起长大。她们似乎对我特别感兴趣，总盯着我看，不时互相交谈，说着说着就笑了起来。我估计她们可能看我从美洲过来，像一个颇有经验的冒险家一样独自旅行，而且我还是她们朋友的丈夫的儿子，年纪又比她们朋友还大，还是个作家。另外，我想，所有跟爱丽丝有关的事物，或许都能给她们带来像跟爱丽丝团聚一般的喜悦吧。

就这样，我们形成了一个"小分队"，在之后的三天里走遍台山。

我们去了斗山镇。陈宜禧当年就是从这里开始修建新宁铁路，连接起整片地区的。

在我到中国前，父亲就跟小铭还有爱丽丝的朋友说，我是记者，准备把我的中国之行写下来出书，因此她们自觉担起"重任"，极力向我展示这片土地在 19 世纪的蓬勃发展史。

她们告诉我，1844 年，陈宜禧就出生在斗山镇，年轻时去了美国，在西雅图落脚，修筑当地铁路，后来跟人开办了"华昌号"，进口糖、茶叶、大米、香烟、鸦片和烟花，同时给华人劳工当中介。

1885 年前后，美国掀起排华浪潮，陈宜禧为华人维权发声。三年后，他成立了自己的公司，取名"广德"，广德公司承建了北太平洋铁路，并为工程引入大量华工。

20 世纪初，他将西雅图的生意交给儿子和女婿，自己回到中国。回国后，他提出在珠三角建立一条铁路，也就是新宁铁路。于是他从海

外华人手里筹集到将近 300 万美元，开始筑路。新宁铁路的建成，在未来几十年中有力带动了地区经济发展。

而陈宜禧本身就是一座连接中国和美国的桥梁，虽然这里的"中国"可能只局限在广东的台山地区。陈宜禧介绍到北美修建铁路、挖矿、耕田的中国人绝大多数来自台山。然而，这种关系并不是单向的，因为陈宜禧还在美国积累了财富，又返回中国推动了当地经济。

目前，台山约有 100 万居民，但据估算，居住在中国境外的台山人也已超过这个数字。20 世纪 70 年代以前，在美国讲"中文"指的是讲台山话。台山话是广东话里的一种方言，跟普通话没什么相似之处。一些研究表明，在 1980 年前后，约 70% 的美国华人都是台山人，数量约有 43 万。他们之中，就包括了我父亲、我妹妹，还有我们的祖父母、叔辈和兄弟姐妹们。

在悠久的移民历史背景下，出现了一批像陈宜禧这样的企业家，还有他们召集到的一批像我曾祖父那样不知疲倦的工人，那些华人在美国等着和家人团聚。他们这些移民就是一座桥梁，这座桥不仅在美国和中国之间架起，更在一个半世纪的时间里，伸向古巴、墨西哥、秘鲁，还有像我所在的遥远的阿根廷。

与记忆对话

—— 正宗粤菜 ——

——你还记得在那里吃了什么吗？

——有一天，我们去了一家非常偏僻的餐厅吃午饭。餐厅在一片荒地上，前后是农田和大海冲刷出来的洼地。在餐厅里可以感受到强烈的海洋气息。路边宽宽矮矮的石墙上晒满鱼虾，在海上不断吹来的微风下，在慢慢变干。

——路上有什么？

——我看到有一些新种的、源自南美洲的仙人掌果，还有一种叫作"龙的眼睛"的水果。我们以前住在纽约唐人街时，一家人吃晚饭时经常吃龙眼。那时候我九岁，我妹妹安妮塔才七岁。她对所有她认知以外的事物都抱着拒绝态度，而我正好相反，所有新奇的事物我都想尝试。我对一切奇怪的事物着迷，比如看到颜色跟质地都像某种动物眼睛的龙眼时，我们兄妹俩的反应全然相反。

——餐厅是什么样的？

——进餐厅前，先能看到一片空地，上面有很多鱼缸和鸟笼。鱼缸里养着各种各样的鱼、龟、虾，有龙虾、章鱼，还有对虾、鳗鱼、牡蛎、螃蟹和其他水产，应该说是"其他佳肴"，因为那个区域就像个仓

库，存放着各种食材，用来准备饭菜。小铭点起了菜，看起来很懂行。

——她点了什么菜？

——点了很多种动物！那顿饭实在丰盛。我来给你描述一下：有一大盘螃蟹，一条 50 厘米长的鱼，好几大盘白色、光亮的饺子，有甜有咸，好几种汤，一大盘蔬菜煎蛋，几公斤的虾，一堆蔬菜，各种动物的肉……还有许多菜，我实在记不住了，虽然我不想表现得抓狂，但品种之多，色彩之丰富，香味之足，实在让人惊叹。

——你不想表现得抓狂，但你肯定全吃了。

——她们一直往我餐盘里夹菜，把每道菜里最好的部分挑出来让我品尝，我吃了很多，她们很高兴。我在后来的旅程中不断感受到我在那次午饭时体会到的热情慷慨（我甚至产生了内疚感）——她们慷慨待我，看到我高兴，比我更高兴，让我这个客人感到无比幸福。

——那是正宗粤菜，对不对？

——粤菜实在太丰富多样。广东人非常敢尝试，什么都愿意体验。广东人还什么都敢试吃。对于对吃有许多禁忌的人来说，广东人非常可怕，因为他们能把生活中找得到的所有东西都拿来炸、煮、蒸、烤，然后吃。广东人绝不会过度烹饪。大家都知道，什么东西都能拿来做中餐，而广东人最擅长把加热食物的时间缩到最短，这样就能让食物酥脆、柔软，保留肉类和菌类、根茎类等各种蔬菜和各种配料的甜、苦、咸、酸风味和质感。这并不意味着他们不怎么烹饪，他们跟阿根廷人一样，牛肉不会烹饪很久。但广东人在真正开始烹饪之前，会花很多时间挑选食材、清洗、保持水分、切分。他们还会使用精心制作的配料，有些配料要花很长时间，甚至用几个月来准备。我的祖父母以前就有一大一小两个柜子，里面放着各种瓶瓶罐罐，装着仿佛从宋朝就开始浸泡的食物。

——她们给你留下很深的印象吧？

——她们会把拥有的一切跟你分享，非常细心，时刻考虑你的状态，你想要什么，或说过需要什么，她们都会记在心上。

社交分享

费尔南多·帕万：在美国的亲戚一般比较有钱？这点跟我们这儿比较像。

古斯塔沃·伍：是的，差不多。我在这里见到了我爸爸的侄女，昨天我问她，台山女孩会不会都想跟美国人结婚，她说："是的！"那语气就好像在说"特别想"，但她想了会儿又说："现在也没以前那么多了。"

费尔南多·帕万：为什么？

古斯塔沃·伍：因为中国现在发展得比美国还快。

费尔南多·帕万：看看！你还见到了你爸爸的侄女？也就是咱堂妹，没错吧？

古斯塔沃·伍：可能是吧。其实她是我父亲一个好朋友的女儿，我父亲和这位朋友跟亲兄弟一样要好，后来我父亲离开了台山，他朋友留在了这里。

棕色笔记本

——— 影视基地 ———

我们经过一个非常奇怪的地方，大约 50 米×250 米的长方形空间，周围是 19 世纪的老建筑，外墙设计十分漂亮，但因为时间久远，受损比较严重。

这个地方从前是个市场，现在变成了影视基地，专门用来拍摄历史题材的影视片，因此也成了旅游景点。附近有很多商贩卖在这里拍摄的电影、电视剧的海报。还有人卖贝壳做的手工艺品、草药和干鱼。在我们海滨城市圣克莱门特德尔图尤也能买到贝壳工艺品，不过这里的设计更复杂些。

这个影视基地就在开平，可以看到很多高大塔状的碉楼。正是碉楼规模之大，让这片区域出了名。

——— 东南亚风情村 ———

一天傍晚，天气闷热，我们去了另一个看起来像拍电影的地方。我们来到城郊，那里住着马来西亚华人的后裔。

我们都知道世界各地有唐人街，中国人在唐人街开餐厅、做生意，不分昼夜地工作，尤其在东南亚地区，中国人的出现对当地经济产生了巨大影响，甚至可以说主导了当地经济。20世纪70年代以前，海外华人常被视为带着财产离开祖国的不光彩的"叛徒"。70年代末，中国改革开放，鼓励海外华商回国投资兴业，许多海外华人做出积极回应。事实上，过去36年，中国实现了人类历史上最大的工业发展，而海外华人功不可没。其中，美洲、欧洲以及澳大利亚华人贡献了大量资金，但

大部分资金还是来自远东国家的华人和香港居民，他们在这些地方拥有十分强大的经济实力。

当然，这些资金主要来自一批富有的海外华人，无论在哪里，有钱的华人只有一小部分。我们去参观的社区里的中国人是被迫返华的，其生活非常拮据。他们的房屋还算体面，但非常小。整个社区是非常开放的，还有社交场所和很多植物。

社区里还有开放的宴会厅，天花板很大，深处有个舞台。这是非常典型的东南亚风格，常见大象头的图案，颜色强烈鲜艳，线条夸张。听说那里每周末都会举办大型活动，所有人整晚唱歌、跳舞。宴会厅是整个社区最重要的地方，比家里住的房子还重要。

住宅外面堆积着各种杂物，还有衣物、餐具和儿童玩具。有个女孩坐在地上，在修一个巨大的渔网。那里的建筑风格跟中国其他的建筑风格很不一样，但跟广东酷热的天气十分匹配。在热带生活的人经常在屋外生活，屋子只用来存放东西和睡觉，其实用来睡觉的时间也并不多。他们大部分生活是集体一起过的。

📓 棕色笔记本

——— 海边 ———

我们一清早出发去那琴半岛地质海洋公园。我在那里再次感受到中国南方这片土地自然资源之丰富，以及经济腾飞之下中国旅游潜力之大。

公园里到处是低矮的山丘，卡其色的岩石轻轻鼓起、表面柔亮，像大卵石。石头之间，是一片浓绿的植被，在太阳下散发出光芒。我看着那些小山丘，心里有种熟悉而愉快的感觉。我很小的时候在祖父母给爸

爸寄的明信片上看到过这些山丘，或许我对它们有一种遗传记忆吧。它们漂亮又有特点，我从没在世界上其他地方见到过。

途中，爱丽丝的一个朋友给了我几颗糖果，这个举动在她们之间还引起了小争议。其他人好像说她不该随便给我这种糖果吃，我想起在阿根廷，人们常说"当心糖果，因为你可能吃到意想不到的味道"。我说，我想尝尝。这种糖果叫黄皮，纯天然，吃到嘴里会产生一种酸甜、青涩的气体，嚼起来就像某种哺乳动物的耳朵，味道很重，像放在香水和醋里腌制过一样。

公园看着很大，可以接待不少游客。靠近入口处，有几间小屋，对着豪华的泳池。我们从一条小路穿过去，看到小山丘从海平面涌现出来。大海平静而美好，在阳光照射下幸福休憩，周围有薄雾围绕。一些小渔船在封闭的港湾中随着海浪摇曳。我们大概走了两个小时，在小道上爬上爬下，又看到好几个小港湾，从海上冒出来，被突起的小山丘包围着。

我们还去了一处海滩。中国的海岸线很长，大部分在亚热带和温带地区，有一部分位于热带，但海滩并不算常见。中国人不像西方人对海滩那么狂热——或许也没必要非得像西方人一样吧？但中国有自己风格的海滩，也有不少人喜爱去。台山境内有大小岛屿 95 座，其中包括广东沿海最大的岛屿之一——上川岛。

我们去的时候是初秋的一个工作日，因此海滩上几乎见不到人。"我们去游泳吧！"我提议，但她们都躲在稻草编织的伞下乘凉。我一个人踏进温热的海水中，往海里走去，慢慢漂浮起来，在天空下、在小山间，放空思绪。

小鱼在我身边游来游去。我还看到一些女人过来把小鱼抓到篮里，划着小船回到岸边，然后把鱼倒到一辆车上。

社交分享

圣地亚哥·帕万：你想想，你现在看到的太阳，我明天早上才能看到。你比我快一步！

古斯塔沃·伍：这里的太阳太可怕了。因为在热带，气温一直很高，湿度也大，时不时会下雨。你要是在这里随便扔颗种子，它一会儿就能发芽。要是午睡会儿，醒来时，它都能长出一片丛林了，里面有树、花、水果、鸟、猴子、豹子，还有河流，鳄鱼就在里面游走。

棕色笔记本

—— 千年木刻 ——

男人姓伍，跟我一样。我告诉他我也姓伍，他听了很高兴。小铭告诉他我来中国的目的，他特别重视，给我展示那几层楼里摆放着的各种家具。

这是一个艺博馆，里面收藏的每一件家具都是历经千年保存下来的传统艺术瑰宝。有一个宋代宝塔的模型，两米高，完全由多种木头雕刻而成，甚至还原了各种小细节，比如栏杆上的一条裂缝，停靠在高处窗户边上的一只小鸟，一扇年久失修的大门。还有一张木雕双人床，据说已被一位迪拜客人预订了，价格将近 10 万美元。

有一块木雕面板，有一面墙那么大，上面刻画了某个朝代的生活画面——一个渔夫顺着小溪划船，青蛙仿佛受到了惊吓跳入水中，两岸有弯曲的芦苇，溪水随微风波动。牧羊人躺在山上睡去，一只甲壳虫从他的长笛上爬过，羊群想要逃跑，牧羊人的袋子里能隐约看到树叶包裹着一个地瓜。在这块 18 平方米的面板上，每 4 平方米就描绘着一个场景。

这些木雕的主人向我展示他的木板和木棍。他拿出一把刀，从一个木棍上切下一小块递给我，示意让我闻一闻。木头有一股玫瑰和肉桂气

味，可能还有麝香。他告诉我，他在中国各地寻找各时期的不同木材，用来制作家具。他能分清哪种木头是哪个时期的，以及它们在时间推移中发生过哪些变化。他自有一套获取信息的方法，能知道哪里的建筑将被拆除，然后就去那里寻找优质的木材。

—— 早餐 ——

有天早上，我跟小铭单独出去。"我们去吃点早饭吧。"她说。我们坐她的车，在一条人满为患的小路上行驶。那会儿正好是上学时间，成百上千的父母骑着摩托车载着他们的独生子女在一些通不过五六只猫的小道上穿行。真的有好几百辆摩托车，他们之间难免磕磕碰碰。大家还会停下来，在路边小摊给自己和孩子买早餐，他们坐在小凳子上，围着小桌子吃。在这里，吃早餐也是个公共、集体行为。

这里人早饭吃米饭、面条、饺子、鸡肉、豆汤、鱼、鸭，等等。不像早饭，更像正餐。而且他们吃得很快，跟我们在阿根廷喝咖啡加牛奶，就着羊角面包相比要快得多。吃完早饭，他们又骑上了摩托车。这就是一天的开始。

与记忆对话

——— 惠娥 ———

——你后来还见过你父亲的表妹惠娥吗？

——见过。她请我去她家做客。我去了，见到她丈夫、儿子、儿媳和孙子。她准备了一桌子菜招待我，坐在我旁边，离得很近，一直给我夹菜。我们都知道，以后很难再见面了。但很奇怪，我们当时都有一种很强烈的感受，那就是，我们是一家人。这种感受无须语言描述。

04 | 广

州

广州位于中国东南沿海地区，是古代海上丝绸之路的起点，与印度的金奈、伊朗的希拉夫、阿曼的马斯喀特和坦桑尼亚的桑给巴尔连通。宋元时期，广州是中国东部最大的贸易海港。

有记载说，马可·波罗曾在广州护送一位蒙古公主到波斯成婚。

2014 年，在巴黎举办的"来自广州的问候"展览中，时任联合国教科文组织总干事伊琳娜·博科娃强调大海对于广州这座城市的意义——海是广州与外界开展人员和文化交流的主要途径。在广东，内斯特里夫人、马尼切人、犹太人，以及佛教徒、印度教徒、道教徒、天主教徒、穆斯林等不同种族和不同宗教信仰的人都能和平共处。

我在广州再次见到了卡米洛·埃斯特拉达·冈萨雷斯。我们一起去了一个专卖草药的市集和珠江新城购物中心，还一起感受这座城市蒸笼一般的天气。我们还见到了马里奥·金特罗斯——一个在广州定居的阿根廷人。他带我们慢慢了解脚下的广州。

"孙中山就是从这里开始革命运动的。"他告诉我们，"也是在这里，从 20 世纪 70 年代末开始了人类历史上规模最大的工业化进程。这里还曾是王朝古都，这里的人是全中国最进取、开放、活跃的。可别小看这个地方，这里是世界腹地之一。"

棕色笔记本

——— 人群 ———

从某个地铁站楼梯往上走，走进通往其他站台的长廊，可以看到黑压压的、静止的人群。这长廊并不窄，甚至可以说是巨型走廊，似乎有足球场那么大。乘客有成千上万。我没有广场恐惧症，但那样的场景下，任何一个事故都可能导致数百人伤亡。

广州是一个庞大的城市。商业、交通、人员、速度，炎热的天气，一切都过剩，却从不停止，相反，到处都在加速发展。

在那个地铁站，一些交警不得不出来维持秩序，引导人们慢慢前行。我花了 25 分钟才走到要换乘的站台，一路上不断听到有外国人说："中国人生活太难了。"

与记忆对话

——— 药材市场 ———

——你住在哪里？

——我住在珠江新城一个公寓里，公寓的主人是一对夫妇：墨西哥人何塞和哈萨克斯坦人卡米拉，两人性格都很直率。不过，卡米拉毕竟来自一个寒冷、干燥的国度，她不喜欢这里的天气。"这里是个养青蛙的好地方。"她无奈地说。

——你一直跟他俩在一起活动？

——没有，我跟卡米洛一起，我们还约好了之后一起去阳朔。他想花几个小时带我看看这座城市。一路上，我们感受到了真真切切的炎热。这热度倒也没阻止我们前进，没使我们迟钝，也没让我们发脾气，但我可以感觉到，空气在燃烧，我的衣服和皮肤之间就像加了一层温热的果酱。

——你去的药材市场怎么样？

——那里不卖成药，只卖用来制作传统中药的药材。整个市场像个实验室一样干净，不同种类的药材按区域划分：有鹿角、切碎的木材、虫子、海马、蛇、藻类和各种草药。有些摊位还卖那种极其神奇又昂贵的西藏虫子，藏语叫它"压扎梗布"，汉语叫"冬虫夏草"。

——为什么说"神奇"？

　　——今年政府开始严格控制出售冬虫夏草。我跟卡米洛说，想再多了解一些关于这虫子的信息。我们跟两个爱聊天的商贩交流了下，其中一个告诉我们，这其实不是虫子，而是一种寄生在某种幼虫上的菌类，只有西藏地区才有。人们用它来缓解背痛，治疗阳痿、黄疸，缓解疲劳，降低胆固醇，增强抵抗力，改善视力，它还能用来治疗肺结核、哮喘、支气管炎、肺炎、贫血、艾滋病和脱发等。

　　——那它怎么个贵法？

　　——另一个商贩给我们算了笔账。他说，随着中国人购买力不断提高，冬虫夏草成了一种身份象征。在 20 世纪 70 年代，一公斤冬虫夏草价格在 2—5 美元之间；90 年代，每公斤价格不超过 200 美元；而现在，每公斤可以卖 5 万美元。他还告诉我们，很多当地人都用上了苹果手机，还会为了种养冬虫夏草而争夺土地，警察不得不在路边设置检查站，防止有人偷偷进入当地的村庄。

　　——那里还有什么新鲜事？

——我看到，有些摊位上，商贩们用手臂撑着桌子，脑袋靠在手臂上，就这么坐着睡觉。我问卡米洛，是不是因为天热，员工容易犯懒，老板也就宽容些。他回答说，在中国，这样打盹很常见。我后来回想，确实看到中国人在哪儿都能这么睡着，甚至在阿根廷的中国人也这样，但我是在那个市场上第一次注意到这个现象，非常惊讶。在随后的旅行中，我在游览广州时，在小商品市场里，在挤满小摊的大街小巷中，一直看到有人这么睡觉。

——你提到的小商品市场里有什么？

——什么都有。

——你举几个例子。你就停在一个地方，告诉我周围能看到什么。

——好吧，我看到，有卖拖鞋、罐装坚果、男袜、床单、装饰雕塑、红色与金色的窗花、平板电脑、充电宝、无人机、鱼干、溜冰鞋……

——我大概明白了。卡米洛熟悉广州吗？

——很熟悉。他在那里生活了挺长时间，而且他说起他知道的事情总是头头是道的。他就像带我参观他的家一样，带我看这座热气下的迷宫一般的城市，到处都是美食、眼花缭乱的小商品，车水马龙，人来人往。

棕色笔记本

——————— 教堂里的年轻女孩 ———————

男人们打着赤膊走在路上，还有些在自己摩托车座位上小憩，一些人边抽烟边聊天，还有许多人在大街上吃东西。我们走进一个天主教堂，里面气氛庄严，有一张画报上画着这个教堂历史上所有的牧师肖像，先是西班牙牧师，然后是中国牧师。我们坐在长凳上，感受高、暗、清新的内部空间，还有跟布宜诺斯艾利斯的教堂一样湿漉漉的地板。

两个中国女孩坐在我们前排的长凳上。她们穿着熨烫得无可挑剔的、崭新的、干净的短裤，白袜和凉爽的衬衫，有点单纯、腼腆，还有点让人心动。对她们来说，这个教堂跟其他历史建筑没什么两样，都是旅游景点。女孩们的青春期荷尔蒙在空气中震动，她们似乎一点也不了解这座教堂的宗教

含义，也不知道教义认为上帝派耶稣到人间，人类却把他折磨死，将他钉在十字架上示众，这让后代懂得悔改，学他施善，以后进入天堂。

这几个女孩在自拍，整理妆发，直到无聊地离开。卡米洛没注意到她们，但我看到了，我觉得我体内细胞在互相冲撞。

——— 这里是世界腹地之一 ———

我们跟阿根廷人马里奥·金特罗斯在沙面岛一起喝着啤酒。金特罗斯穿着白色的巴拿马薄呢外衣，似乎完全没感觉到天气炎热。他聪明机智，反应很快，风趣幽默。他是那种考虑非常周全的向导，会准备好当地的手机 SIM 卡，知道住哪家酒店、乘坐哪路公交车，会用当地语言跟街头小贩、老牌餐厅的服务员和游艇俱乐部的保安交流。

金特罗斯很年轻，但看得出来他阅历丰富。什么都逃不过他的双眼，但他会选择性地发表观点。他总能引导聊天内容，将其他人带入一

个神奇世界。

我们跟他聊了好几个小时。他告诉我们，他以前当外交官，现在当企业顾问。我们跟几个在某拉美问题研究中心工作的中国年轻人听得津津有味，不愿离开，冰啤酒上了一拨又一拨。

"阿根廷的探戈很有名，这很好，阿根廷人还有非凡的创造力，阿根廷的视觉艺术非常棒，但中国人并不了解。阿根廷似乎满足于现状，不需要其他东西，跟世界隔绝，但我们现在生活在一个紧密联系的世界，我们怎么可能不融入这个新世界？而中国就是新世界里的巨人之一。"

他还说到了广州。"朋友们，你们现在在中国最迷人的地方之一。你们来这儿的路上，应该也看到了一个船帆形状的小纪念碑了吧？你们停下来看纪念碑上的字了吗？那是纪念来自阿曼的水手的，是 7 世纪建的。我们在一个商业文明之都，历史上，鸦片战争就在这里发生，这是千真万确的事，但很多西方年轻国家很难理解广东历史的深度和维度。在这个城市里，有一座有 700 年历史的清真寺。700 年啊！美国所在地当时还是一片山川和草地，苏族人狩猎、霍皮人耕田、卡瓦基特人航海，当时的美洲还没勾起英国人的探险梦。而当时，广东和世界上其他国家的关系已如此成熟，甚至建了一座清真寺。你们想想，孙中山就是在这里开始他的革命运动，在 20 世纪 70 年代末，这里成为人类历史上最大的工业化试验田。这里的人是中国最勤劳、最开放、最有活力的人，也是最自豪的人。别小看这里，这里是世界腹地之一。"

我们听着金特罗斯的话，越来越感受到，我们身处在一个独一无二的时空里。

💡 与记忆对话

——————珠江新城——————

——你说你们跟那个男人约在一座岛上见面？

——是的，这座岛就像是被珠江两岸像手臂一样框起来的一条小船。珠江也应该被列为孕育人类文明的河流之一，跟尼罗河、莱茵河、底格里斯河、幼发拉底河，还有黄河一样。珠江汇入南海的地方形成了一个三角洲。世界其他国家的商品从这里进入，中国商品从这里出口。在三角洲深处就是广州，一座像握着权杖的国王一样的城市。

——你坐船了吗？

——坐了。我坐了一条当地人代步的船，开到最深处，看到一边是 600 米高的广州塔，一边是一群高楼大厦，跟 20 世纪初布宜诺斯艾利斯的有钱人引进世界上最好的建筑师设计的楼一样漂亮壮观。

——那片区域叫什么？

——叫珠江新城，大约30年前开始建设的。我们坐地铁过了河，就看到一片跟机场一样大的开放空间，四周环绕着闪耀的广州大剧院。广州大剧院的外形就像某种流动的地质形态，把未来几个世纪将遭受的腐蚀也融入了其中。大剧院附近是广州图书馆，外形就像被飓风"凹"出的几摞巨型书，另外还有少年宫和广东省博物馆。光看这几栋极具未来感的建筑就值得花去几天时间。从那里延伸出一条像一个中央公园一样的大道，大道两侧全是摩天大楼，像优美弯曲的水晶柱，展现出光与线条的结合。地平线尽头是金融中心，那是灯光、水泥、玻璃和铁架形成的一幅巨型风景画。

——你们在那里做了什么？

——我们去了国际金融中心里的四季酒店。整个国际金融中心像用黑曜石建的，透亮而有光泽。我们到了一个楼层，距离顶楼还有20多层，但从那里看下去，就像从飞机上俯瞰广东一样。我们就像两个滴水嘴兽一样观察着底下小小的桥梁、几乎看不清的行人、微小的汽车、像画在地图上一样细的河流。天空从蓝色慢慢变黑，直到看不清地上物体的形状，这时，城市开始灯火通明。我们离开时，整个广州就像一个黑色的水母，表面散发出荧光。

　　几个世纪以来，文人墨客和寻找大自然美景的人都喜欢去阳朔。翠绿色的河流和一座座像巨型生物一样从雾中延绵到地平线的山脉，创造出一个精致、完美的世界。

　　随着中国人生活水平的提高，这个古老的地方也经过改建，以此招徕越来越多的游客。现如今，阳朔每天接待成千上万的游客，人们在小巷中漫步，坐竹筏在河中穿行，欣赏着迷人风景。

　　我是跟卡米洛·埃斯特拉达·冈萨雷斯、他的同伴，还有一个在旅馆里认识的美国人组团一起去阳朔的。

📒 棕色笔记本

—— 山间黎明 ——

　　在开启中国之行两个月前，我特地去中国驻阿根廷使馆拜访了文化

参赞韩孟堂，请他帮我规划行程。

韩参赞像朋友一样热心，跟我一起做规划。他觉得什么都好，但担心在中国十一国庆节那几天假期，我没法安排。

国庆假期理论上是一个星期，但韩参赞预计，国庆客运从 9 月 26 日这个周六就开始了，要持续到 10 月 11 日这个周日。而且，跟平时不同，这可是地球上规模最大的人口流动。在那几天，平时在东部城市无数工厂里打工的人们会千里迢迢回老家。由于经济条件改善，还有相当大一部分人趁假期外出旅游，购物、休闲、浏览名胜古迹、领略自然风光。

举个例子，我们是在国庆假期开头几天去的阳朔，那里可谓游人如织。韩参赞之前提醒过我们，要至少提前三个月订票，但因为我们的行程是临时决定的，最后只买到了大巴票，连夜赶了 14 个小时的路，才到达阳朔。

那真是一次漫长的大巴旅行，每隔 10—15 分钟车就停一次，乘客背着大包小包，车上没有卫生间、没有空调，走的是小路，路况也不好。到了半夜两点，司机把车开到一个路堤上，停在那里，旁边还停着五六辆大巴。司机打开车门，什么也没说就下了车，车门就这么开着，大家都不知道怎么回事。过了好一会儿，有些乘客也开始下车，或抽烟，或随便去一个阴暗的地方解手。其实到处都很黑暗，只有偶尔经过的汽车发出些许亮光。又过了半小时，司机终于出现了。他解释说，现在有项新规定，要求大巴司机在凌晨 2—5 点之间必须休息以保证客运安全，说完就回到他的座椅上，身体前倾，胳膊靠着方向盘，头趴在胳膊上，开始睡觉。

　　我们就这样度过了奇怪的三个小时。三个小时里，一片黑暗，只有人们看手机的时候才偶尔有些光线，唯一能听到些许声响，也是人活动的声音。我前排坐着两个 70 来岁的人，一男一女，两人在低声说话。我忍不住侧身观察他们。女的似乎很矮小，她背靠窗户，脚放在丈夫的膝盖上，丈夫则摸着她的双脚。卡米洛也注意到他俩，尤其注意到女人的声音。他告诉我，那女人的声音跟中国其他地方的都不一样，那声音极其低沉、细腻，仿佛可以使整个大巴都安静下来，就像有人弹奏某种神奇的乐器，发出一种难以察觉却能让人们平静下来的音乐。

　　到了 5 点，司机毫无征兆地踩油门，大巴突然开动起来，不带丝毫停顿，车速就跟我们来这里时一样快。乘客们跟着在座位上晃动了一会儿，又重新入睡。而我盯着天空看，在想，为什么天空中露出的亮光无法穿透地球的黑暗呢？

　　我回忆起那个女人的声音，她似乎说着广西某个少数民族的方言，想着想着，我又睡了过去。外面的阳光越来越充足，我时不时醒一下，接着又开始犯困。等到往上看到白茫茫一片、往下看到深绿色大地上笼

罩着雾气时，我们就到阳朔了。我兴奋了一下，又睡了过去，过了一会儿，卡米洛叫醒我，让我透过窗户看大巴上山的路。

那些山太漂亮了，高高窄窄的、垂直的、圆圆的，像覆盖着绿植的巨人一样。看着这些山，我内心开阔。看着这些山，会感觉自己生活在另一个星球上。其他人都在安静地休息，就跟这些山一样静静地"躺"在那里，而我感觉自己坐在一个摇摇晃晃的小罐子里，来到了一个神圣的世界，内心抑制不住兴奋的心情。

社交分享

安娜·贝伦·鲁斯：谢谢你发来的照片。我快激动哭了。

维维安娜·达布尔：你可不能再去了！

古斯塔沃·伍：我在一幅山水画之间醒来了。

玛丽拉·曼西亚特拉：我从没见过这样的山。

古斯塔沃·伍：中国人都知道这个地方。大家都会说，几千年来，文人墨客都会来这里，从山水之间寻找灵感。这里的山朝着地平线方向绵延，颜色越来越浅，山顶有云和鸟，山脚是水和稻田。

⊜ 与记忆对话

—— 永恒 ——

——看来是一次很棒的出游。

——是很棒。

——你们是跟其他游客一起玩的吗？

　　——非常遗憾，是的。我们是坐船游览的。河边停靠着一排排一模
一样的驳船，旁边有一些老人和鸬鹚，据说以前那里总有老人垂钓，有
鸬鹚做伴，是极具当地特色的风景。河边的老人会帮你装扮一下，给你
一根棍子，棍子上面还停着一只鸬鹚，然后请你跟他们一起合照，然后
向你收钱。边上还有一个酒吧和几个手工艺品小摊。船会沿着一大面墙
似的某个山脚开一会儿，然后就能看到岸边茂密的甘蔗地，绿意盎然，
伴着风慵懒地摇晃。

　　——你们坐的是什么船？

　　——是非常传统的驳船。在阳朔，总能感受到中国文化的某种精
髓，就是永恒。美到不真实的自然风光，人们在这样的大自然中种水
稻、与鸬鹚相伴捕鱼，这里还有人们建造的宝塔、桥梁、村庄等等。这
种不真实的美感把这里引向一个从这个世界中抽离出来的另一个世界，
时间好像在此停滞，因此变成了永恒。我们就坐在竹子做的、船头扬起
的驳船中，通往永恒。

——所谓的永恒只是一种永恒的感觉。

——是的，不同的是，以前的船都是用竹子做的，现在很多换成了PVC 材质的管子，以前有船夫开船，现在很多换成了马达。

——还有以前钓鱼的老人现在不钓鱼了。

——钓鱼的老人现在靠每张照片收 5 块人民币来过活了。

——这就是旅游业。

——这里是游客的天下，游客也需要那些。

棕色笔记本

——— 新游客 ———

河边有很多商店和摊位，专卖旅游商品，跟布宜诺斯艾利斯博卡区的卡米尼托街、巴黎的蒙马特高地、纽约的时代广场差不多。

这是一座色彩缤纷的小城，迷宫一般的小商店卖各种酱汁、T恤、木佛、玉器、扇子、石刻、毯子、冰激凌、乐器等，实在是琳琅满目。

我买了一只非常逼真的木雕青蛙、一个书签、一件设计精美的T恤，还有一块用来练习书法的魔术布。很多商铺都很有东南亚风情，毕竟过了广西，就是东南亚了。那里还有很多小餐馆、茶馆、酒吧和旅馆。

大多数游客都是新游客。新一代中国人经济条件好，喜欢旅游，许多地方为他们提供了时髦的旅游产品套餐，一般都比较国际化，包揽所有景点，充满美食美景，最适合摄影和购物。

我们在一家商店里看到一个琳琅满目的橱窗，里面摆满了商品，

其中有两个人形摆设非常突出，一个一身黑衣，一个一身白衣。我们问店员，知不知道他俩是谁，店员说，是两个名人，但记不清他们的姓名了。我们告诉她，黑衣人是达斯·维德，白衣人是方济各教皇。

有天下午，我们在一个十分精美的地方喝茶，由于那地方太精美，我们都不好意思坐下来，更不好意思用嘴把杯沿弄脏。那是在一处位于小河边的房子上的阳台，那些房子仿佛已经存在了几个世纪。还有一天，我们去一个按摩的地方，让一些黑色的小鱼吃掉我们脚上的死皮。这个解决皮肤问题的方法真是野性，但确实管用，除了方法有点狂野，没什么不好。我们像坐在观礼台上一样坐成一排，把脚放进一个鱼缸里。其他进来的人也都是游客，我们就看着他们自娱自乐，享受被小鱼挠脚痒痒的新奇感。这是阳朔留给游客的一份纪念，大家都像孩子一样体验着。

——— 迎河而来的山 ———

河岸边列着一排排带游客游览的驳船，还有一些更大的船，里面其实是餐厅。一排排驳船像一群小动物一样在水里有序玩耍，然后能感受到平静的河水。河的另一边是一排房屋，最深处是一片山林，一座座山迎面而来，仿佛听到了河边房屋的召唤。

社交分享

古斯塔沃·伍：我正一边看月亮，一边吃烤牡蛎。

安娜·路易莎·伍：现在这里开始月全食了，能看到一样的奇观，就像开派对一样。

伊琳娜·伍：我们在院子里看到了你的影子，爸。

玛丽拉·曼西亚特拉：我跟巴布罗、维森特、华金、瓜达卢佩在一起，正在看你发来的月亮照片，他们都在说："哇！哇！"华金问你在那儿吃过河豚了没，他提醒你，那玩意可危险了。

古斯塔沃·伍：我没吃到，我说想吃河豚的时候，中国人告诉我，它毒性很大。我也没见到活河豚，但看到了解剖完、准备用来做药的河豚。

埃莱娜·马科夫斯基：大家好！我现在坐在学校的长凳上看群里的照片和评论，很喜欢照片，也喜欢伊琳娜说到的影子！

巴布罗·马科夫斯基：啥，啥，你说你在吃烤牡蛎？要是有人问起你，我就告诉他："他老样子，好着呢，在中国一边吃着烤牡蛎，一边看满月。"

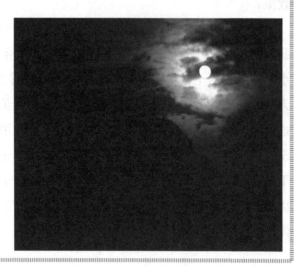

📋 棕色笔记本

—— 中秋赏月吃牡蛎 ——

最近几年，我都会去布宜诺斯艾利斯的唐人街过中秋节。一般是在一个露天集市，搭个舞台，上面表演武术、音乐、舞蹈，还有其他能活跃气氛的节目，成千上万的民众会来看表演、吃饭、买小物品，享受春的气息。

今年中秋节，我在中国过，这里不在大街上庆祝——在阿根廷，中国春节是最盛大的节日之一，也在街上庆祝，但其实中国过春节也不这样。我曾想象，在阳朔过中秋，可能是月亮笼罩着山，大家对着月亮干杯。当然，这里的过法跟我想象中的完全不同。我们住的旅馆老板萨姆邀请我们一起过节："今天啤酒全免费。"

萨姆和他父母一起经营旅馆，他祖母也在店里帮忙。中国人的家庭观坚不可摧。家里来了一群朋友，聚会开始了，每个人都非常舒服。十几岁的孩子在客厅里看电视。女人们忙着烤牛肉串、猪肝和牡蛎。这牡蛎真是我这辈子吃过最好吃的了，烤得非常入味，我一下吸一个，伴随着微微有些酸辣的汤汁，嚼起来有种奇妙的口感，十分顺滑，还留有铁和大海的余味。

萨姆的爸爸准备了一瓶50多度的烈酒。烈酒配牡蛎，完美。

萨姆的家人和朋友对我们十分友善。我们每次目光相遇，都会互相微笑、干杯。

卡米洛、萨姆和我用英语聊着各种话题：逼婚，不大喜欢日本，墨西哥和阿根廷吃什么，等等。萨姆爸爸也加入进来，他一听说墨西哥人吃菱蝗，立马喊道："你们吃的东西可真奇怪！"

我们坐在院子里，这院子很普通，就跟班菲尔德某个房子的院子一样，放着洗衣机、一些木材，没什么灯光，植物也比较凌乱。还有湿热的空气，让人无法呼吸。

　　我们一桌的男人已经喝了很多啤酒，也快把萨姆爸爸酿的酒喝完了，那酒真够喝翻俄罗斯水手了。我吃了很多牡蛎，引起了大家的欢呼。我看着满月，心想，我在中国看到第一轮满月的时间竟然是中秋节，这运气可真好，然后觉得自己得到了祖先们、几个世纪以来到访阳朔的文人墨客，还有自己的父亲的欢迎。然后我又想起爱我的朋友们。

　　我想，这些思绪都来自我和月亮之间的对话。

与记忆对话

——— 漓江 ———

　　——你跟谁一起游的阳朔？

　　——跟一个美国人，还有卡米洛和他朋友老牛。

　　——我以为就你和老牛两个人去的呢。

　　——老牛比我们晚几天到，美国人是我们在萨姆的旅馆里认识的，我们当时就约好了第二天骑自行车一起逛。我们骑着自行车一头扎进宁静的山群里，欣赏千万年留下的如画一般的风景。这些山逐渐消失在地平线上，时间仿佛静止了，我们内心非常触动。

　　——你们怎么逛的？

　　——我们先走大路，然后走小路。我们穿过很多桥，在小村庄里穿行，然后穿过田间小道，接着是农民在稻田里行走的小径。在一个没什么人的小镇上，我们看到几个男人在喝酒打牌。在一个极小的、内外没

什么分别的酒吧里，冰箱里冻着三瓶酒，一只猫在桌下静静地睡觉，架子上随便丢放着几个罐头，墙上则挂着一张毛泽东的大画报。我想，要是我们骑着自行车游遍天下，应该会在很多地方找到差不多的贴着领导人画报的小酒吧。

我们绕着漓江骑行，漓江的水温和宁静，我们在一个石头围起来的地方跳下去游了会儿。水清澈、干净，温柔得几乎感觉不到流动。山上的每一株植物、每一块裸露在空气里的石头都清晰地展现在眼前，黑色的小鸟在山间飞来飞去。一只鸟停落在树枝上，树枝被压得晃动了几下，它警觉地看看周围，发出一声鸣叫。

驳船上的游客看到我们，会跟我们打招呼、给我们拍照。我想，他们一定注意到了，美国人在专心游泳，而我则盯着船上的游客看，看他们的衣着、相机、跟船夫对话的神情、对大自然的感叹、看到我时的反应，还有长得像个哈萨克斯坦摔跤选手似的卡米洛，跟老牛互相拥抱着。我真羡慕卡米洛和老牛，他俩懂得表达自己的感受，对他们来说，在一起干什么都很开心。身旁的江水、船上游客看他们时奇怪的、戏谑的甚至攻击性的手势，对他们来说都是一场完美聚会，他们沉浸在自己的天堂里。

我们还发现一个非常古老的小镇。随着旅游业的发展，阳朔的郊外正在发生天翻地覆的变化，几个世纪传承下来的农田开始褪去，新的酒店、民宿正在兴起。

放牧人牵着大水牛走在路上，一辆精美闪亮的高级汽车开过，惊起一群白色蝴蝶。

旧城镇几乎被完全废弃了。几百年历史留下的房屋、大门如今都成了废墟，几乎没人住在那里。一个老人牵着一个孩子走在一条小道上。一些母鸡一边无忧无虑到处走着，一边啄着地面。一条瘦狗在车下睡着觉。小镇的尽头在悬崖边上，往下看，江水波动，田野散发出清新的绿色，远处的山被天蓝色的薄纱笼罩着。那里还有个卖食物的地方。我们问有没有火车或卡车能把我们带回镇里，因为天快黑了，我们怕晚上找不到回去的路。

那几个男人听了犹豫不决，这时候，有个自信、活泼的姑娘用一口标准的英文说："我能找人带你们回去，别担心，你们每人付 120 元就行。别担心，搭船走，一路上风景很好看。"

我知道，在中国要懂得讨价还价，甚至我听说不讨价还价是没教养的表现。于是，我跟那姑娘说，价格有点高，我们还是骑自行车回去吧。美国人听了，非常失望地看着我，好像在恳求我别那么说。他走到那个漂亮得像洋娃娃一样的姑娘边上，对我说，再考虑考虑。

我看到他们听到"贵"之后停在那里，心里有些兴奋，就想坚持说贵，但卡米洛突然用西班牙语跟我说："我们得同意，那也没多少钱，而且我们也不知道该怎么回去。另外，这个中国姑娘从澳大利亚回来照顾自己父母，还抚养着一个女儿。"我眼看自己要败下阵来，为了保全自尊，我跟那姑娘说，我们总共付 240 元。她坚持说 300 元，说除了带我们回去，还能顺便带我们参观一个岩洞。我还没答应，美国人就把钱

05 阳朔 67

给付了。

我们穿过一片空旷的田野，来到山脚附近一个巨大的洞里，往下就能看到江水。洞里有祭坛、香炉、各种神像，当中还有座菩萨，半眯着眼睛日日夜夜注视着眼前的绚烂风景。

那座小庙一片寂静，除了偶尔有几只小鸟一跳一跳来找昆虫吃。我们继续往下走，经过一个非常陡峭的地方，随后又来到一个黑乎乎、墙壁和地面黏糊糊的洞穴，感觉就像来到了一只动物的身体里。美国人跟那姑娘一直在聊天，他告诉她，自己是洞穴探险者，想攀爬那些山。

等我们回到平地上，一个男人已经准备好了船，大概开了三小时，我们终于回到城里。天，已经完全黑了。

离开时，水还是银色的，偶尔有几只白鹭在水上嬉戏，还有被绳子拴住的大水牛慢慢从水里走向岸边坐着的主人。大水牛看到我们，眼里透出惊恐的表情。

慢慢地，夜幕降临，天空变成橙红色，留下一座座山影。我们听着船马达发出的"突突"声响，有时还能听到或远或近的地方也发出同样的声响，而船，已经被吞噬在一片夜色中。

棕色笔记本

——— 行走世界的人 ———

萨姆的一个朋友开车带我们连续穿过好几片农田和几个城镇。"这里的人经常吃狗肉。"卡米洛告诉我。我的回答正合他意："那我们今天中午吃狗肉。"不过，我们连一家开门的餐厅也没找到。

　　那天正好是 10 月 1 日。终于见到一家还在营业的餐厅，特色菜就是现宰的鸡和狗。我们放弃了狗肉，因为做得慢，而我们还要赶远路，另外也因为狗肉太贵了。

　　这餐厅在一个又偏又小的镇子上，不过这镇子里倒有很多七八层高的楼，楼建在主干道的两侧，延伸约一公里。所有楼的外墙正在同时翻新，包裹上了竹竿做的灰色栅栏，就像一层层蜘蛛网。

　　我们参观了一个自然公园，里面还有瀑布，还爬上一个特别高的阶梯，去看了一座寺庙。这个公园叫作姑婆山国家森林公园，里面不同地点的石头上都刻着汉字。我意识到，我之前就在香港、台山等地方见过类似的刻石。在接下来的旅程中，我也不断见到这样的石头。

　　不光有石头上刻字，还有在木头、墙壁和其他意想不到的地方刻字。虽然不允许涂鸦，但"在法律允许范围内"什么都可以书写、绘画、雕琢。

我们在漓江上游览的时候，他们让我们看山上隆起的部分，说像汉语里的"山"字。汉字和象形、表意文字之间的关系，以及汉字的"天然性"，跟我们西方文字完全不同。汉字的表意不是人们凭空强加的含义，而更像是人们从世界的自然延伸中捕获到的意义。我想起以前每个寒冷的周六早晨在马里亚诺·阿科斯塔学院，听中国文学课老师莱丽娅·甘达拉给我们讲的关于仓颉的

故事。故事说，黄帝命令仓颉创造汉字书写体系，这让仓颉陷入深思。仓颉有四只眼，有一天，他在海滩上看到一些脚印，于是问渔夫，这是什么动物的脚印。渔夫说，是一种传说中的兽类，名叫"貔貅"。于是他想到，这些脚印跟其他一些印记一样，可以让人辨别出是什么动物留下的，那么，也可以研究出一个意象体系，来表现世界上的不同事物。通过这种方式，他构想出一套由符号组成的语言体系，人们通过它来表达、诠释语言。解码过程包含认识现实，从而掌握现实的强大力量。文字自有美感，通过文字、思想和艺术作品得以保留下来，从孔子、孟子、老子、庄子的著作到正式公文，一切都能用文字来表达。掌握文字，才能治理国家。

就这样，通过智慧、美感和某种魔力，一个建立在意象符号上的文明世界出现了。

与记忆对话

———— 悠长历史 ————

——那个建筑……在中国漫长的历史演变中，中国人真是什么都想得到，是不是？

——是，但是另一种"什么都想得到"。

——是，所谓的"什么都"，在中国自成体系。

——我们对话不太连贯啊。

——是的，不过我们可能在试图捕捉不同的连贯性。

——我们的聊天太理论了！

——对，我们还是回到话题本身吧。

——好的，不过我先讲一下我的观点：历史是随着社会出现文字记载开始的。

——这是个非常传统的定义，也不是所有人认可的观点。

——欧洲中心论者认为，没有文字的民族就没有历史。但这种说法有时候并不对。否则，为什么我们会说，一些人比另一些人历史"更长"？为什么中国人比特维尔切人历史"更长"？所有社会都是由人构成的，而人是在某一刻出现的。

——没错。但为什么我们普遍接受一种观点，那就是中国历史最长？

——一方面，因为中国较早出现文字记录，另一方面，中国历史保持了连续性。连续性与历史长短紧密相关。历史学家不喜欢历史出现中断、重叠、空白或持续时间短。历史学家喜欢梳理的是悠长、线性、有据可查的历史。而中国历史完美地符合这些条件。

——即便是被假定为永恒。

——这又是另一回事。我们又回到中国的永恒效应问题了吗？

——下次再说吧，最好还能记着这件事。

📔 棕色笔记本

——— 时间陷阱 ———

我们来到了黄姚古镇。黄姚古镇始建于公元 972 年，随着时间推移，它慢慢衰落，直到几十年之前逐渐成为一个鬼镇。如今，旅游业带动它复苏。从前村民每天经过的小巷里如今都是游客，小巷两旁挤满的小房子现在成了一家家商店，卖各种酱料、玩具、纪念品、装饰品、菌菇、衣物、餐具、种子，等等。路边还有很多像日内瓦、阿姆斯特丹或蒙特利尔那里的迷你咖啡店，还有一些迷你酒店。

要不是街上的游客像是笼子里受惊的小鸟一样四处乱逛，在这个村庄的各个角落，还是可以慢慢察觉到，时间如何在这里留下了历史痕迹。

也许时间雕刻了这座城镇，就是为了到这里来栖息。也可能是，镇上聪慧的居民特地制造了一些"陷阱"，把时间捕捉住，生活上 300 或 400 年。

要是某个人发现了这些"陷阱"，那就安安静静地陷入其中吧——感受植物的新鲜，聆听流水的歌声，观赏昆虫在阳光下飞行。

所有在时间里停留过的时刻都是那么吸引人。原来，时间是活的，太"活"了，以至于无法清晰地分解成年、天、秒。

—————— 在阳朔人民公园告别 ——————

在中国，几乎每座城市都有一个人民广场。人民是一个集体，而不仅仅是个体总和，它远比个体重要。没有哪个个体能高于人民，这不仅

出于共产主义信念，更重要的是，在每个社会都面临的个体和集体的平衡之间，中国坚定地偏向了集体。

人们到人民广场上打发时间，而不是在家盯着电视看。在广场上，大家跳舞、打羽毛球、散步、玩各种纸牌游戏、下围棋、读书、闲聊。有时会有一群人打太极拳或练操，其他人随时可以加入。还有些音乐人带着自己的乐器，约在广场上见面。

我和卡米洛跟一些音乐人待了一会儿，他们演奏着非常传统、忧伤又带有力量的曲子，旋律里透着伤感与悲切，非常动人。我们因为赶路，不能久留，就跟他们依依不舍地告别了。

我们开始爬山，到了山顶，可以看到阳朔躺在一个圆谷中，四周被群山包围。上坡路艰难陡峭，幸好一路都有音乐陪伴。等我们到了山顶，那悠远的音乐仿佛从世界的尽头传来。要是音乐消失了，我们说不定会出现在另一个地方。

"卡米洛，这里跟刚刚和音乐家们在一起的时候一样，能听到那么动人的音乐，我们是不是该趁这气氛聊聊关于永恒的话题？"我对卡米洛说。

他平静地回答道："你还是别说话了，让我们一起来感受这音乐吧。"

那天下午，我们告别了。接下来，他要回珠海，我要去四川，然后到中国的最西边，靠近中亚的地方。

我就像做了一场梦一样：上天把卡米洛派给我，让我可以在不懂汉语、口袋里没几个钱的情况下在中国行走数千公里。

卡米洛是我的守护天使。在香港，他介绍我住昆西家；在珠海，他请我去他家做客；在广州，我因为踏上祖先的土地而思绪万千，是他，及时把我从思绪中拉了出来。

接着，他又请了几天假带着老牛和我在阳朔度过了一段愉快时光。跟他告别，我突然觉得自己好像孤儿。

06 桂林

中国历史学家普遍认为，桂林始建于公元前 111 年。1981 年，中央政府曾颁布政令要求桂林和北京、杭州、苏州一样受到特殊关照，以保护当地自然和文化遗产。

唐宋时期，桂林繁荣发展，成为中央政府和南方边境地区之间的联系枢纽。为此，当地修建了各种军事要塞，还开凿了很多条运河，用来运输农产品。

我的中国朋友伍正桓让他父母为我安排好了住宿。我是在布宜诺斯艾利斯认识的伍正桓，他现在在那里生活。我想他父母那么热情地款待我，或许也是对阿根廷表示感谢吧，感谢阿根廷收留他们的独生子。

晚上，我们在日月双塔文化公园里散步。日月双塔是两江四湖上的标志性景点，其中

日塔是世界上最高的铜塔。公园里还有地宫博物馆。

白天，我们去了象鼻山，它其实是围绕着一座小山形成的公园，小山延伸进水里，构成了一个灰白色大象的形状，象的头部和背部覆满了绿色植被。来这里的游客都听过这样的传说：玉皇大帝有一只大象，这只大象跟玉帝失散后在一场战争中受了伤，便留在了桂林。当地一对好心夫妇治好了它的伤，它对桂林很有感情，不愿回到天宫。于是玉帝让它在这里兴善除恶，并下令在山上修建了普贤塔。

这里大多是石灰石山，河水轻柔地冲刷石头，形成一个个岩洞。

伍正桓父母还带我去了芦笛岩，那是一个神秘的世外桃源。那里有各种奇形怪状的石钟乳、石柱等，水在它们表面流淌，留下肆意晃动的阴影，仿佛人类出现前，神灵或魔鬼就已经在这里生活了数千年。等人类到了，就给这些石钟乳、石柱各自取了名：水晶宫、花果山、原始森林、盘龙宝塔……

🔘 与记忆对话

—————— 表弟胡安 ——————

——你怎么认识胡安的？

——不记得了，可能是安娜·贝伦介绍我们认识的。

——安娜·贝伦又是谁？

——安娜·贝伦·鲁斯是位布宜诺斯艾利斯姑娘，跟有些阿根廷人一样，对中国疯狂迷恋。我还认识另外两个阿根廷姑娘，她们从中国回到布宜诺斯艾利斯之后，开了家公司，名叫"我太想念中国了"。安娜·贝伦经常跟中国朋友在一起，我就是这样认识了伍正桓，他的西班牙文名字叫胡安。他知道我也姓伍，很开心。"姓伍的人不多，我们老家都在南方，我们肯定是亲戚！"从那以后，我们就互称表兄弟了。

——我们怎么说起他了？

——因为他在布宜诺斯艾利斯的时候跟我说："你到了中国，可以住我父母家，表哥。"我感受到了中国人的热情好客。

📋 棕色笔记本

——— 伍家人 ———

下午，我坐上一辆大巴，从阳朔来到广西地区曾经的首府桂林，路程不长。胡安的爸爸伍贵华和妈妈李筱琳在桂林车站等我，手上举着写有我名字"古斯塔沃·伍"的大牌子。

我将和他们一起住几天。他俩住在秀峰区一个很大的复式公寓里，房子现代、干净、明亮、宽敞。后面几天，我们三人一直一起行动。

💡 与记忆对话

——— 无言 ———

——有天下午，我跟伍先生一起看电视。一开始，他调到一场足球赛，但我看出来，他在一旁非常无聊。我拿起遥控器，调到一个正在播

放抗日剧的频道。"日本士兵？"我用中文问。他回答："日本士兵。"
我们的沟通水平仅限于此，不过我们还是饶有兴趣地一起看着电视剧，
跟着剧情一会儿伤心，一会儿大笑。

——你还跟他聊了什么吗？

——我花了很大力气才说出来"日本士兵"这几个字。我去中国前，
只学了一点点汉语。我学语言一般比较快，但中文真是让我一次又一次
地想放弃。

——那你们就一直不说话吗？

——跟伍家人相处的几天对我来说是个大考验，因为他们不说英
文，我手机里也没有好的翻译软件。不过这也是个挺有意思的实验，看
看几个语言不通的人在一个场景下怎么交流。

——在你身上总发生那样的事。

——我喜欢这种从真真切切的、完全不同的生活日常里走出来
的人，如果生活是舞台，我认为戏剧是最能表现地球上人类生活的
隐喻。

我们这几个伍家人的日常就是早餐、午餐，还有晚上 6 点吃晚餐，用餐时间跟其他中国人一样。

棕色笔记本

—— 嘴巴 ——

要适应中国的饮食文化并不容易。在西方，我们把汉堡包做到了极致，但中国在吃上，跟在其他方面一样，走的是另一条路。

一个习惯早餐吃羊角面包搭配咖啡加牛奶的人到了中国吃早餐，要面对煎蛋、仙人掌果、鸡爪、糖面团、汤面配肉、油炸的整鱼、西瓜、

莲藕、油炸的海藻面团……中国的早餐不仅量大，还得用筷子吃。主人会非常友善地给你拿来刀叉，但刀叉没什么用，因为这些餐品在制作时，就是为一种名为筷子的复杂工具和一个名为嘴巴的神奇机器而设计的。中国人吃起东西来实在太灵活。

人们总说中国人吃饭怎么用筷子，但从不说中国人吃饭怎么用嘴巴。中国人的"嘴功"也可以归纳到中国人的一系列惊人技能里，这些技能包括用精湛的技术制作任何东西，下到陶瓷，上到天文观测台，甚至发明改变人类生活的技术和产品。

美国作家库尔特·冯内古特抓住了中国人的这一特征，把它写到1976年出版的小说《闹剧》中。这部科幻作品跟他其他作品一样，充满预言性。在小说里，中国人达到了地球上其他人无法理解的水平，其他人只能通过显微镜看到天上掉下一个个微型中国人。

冯内古特的小说提出一种假设，即中国人的生活方式或许不能以西方人的标准去理解，而是需要西方人去体会。一个人如果没别人教导，就不会说话，也不会用两条路走路，这是全世界的通用法则；但中国人用嘴巴吃饭的功夫，世界上其他国家的人都学不会，但这种特性就跟说话、两条腿走路一样重要。

─────── 水上一声吼 ───────

阳光明媚的一天，我们坐船在风景如画的池塘里游览，然后去了神奇的芦笛岩。

在船上，我还引起了小骚动。我穿着宽松的衣服，想让别人明白我的话，说了一遍又一遍，别人还是没听懂，最后，我放弃了语言交流，变成了实际行动。我摘了船夫的帽子、拿走他的杆、占了他的座位，让他坐到我的位子上，然后，准备开船。

我发现，其他船上的人都看着我，其中有艘船上有两个姑娘，一个十分俊俏，她看着我，眼里闪着光芒。荷叶伴随着水波摇曳，远处的山

倒映在水里，圆鼓鼓的大鲤鱼慢慢游动，一时间，我这个临时船夫，当着大家的面，开始追那两个姑娘的船。结果一个老头抢走了我的风头。

我看到岸边有个老头在练气功，看上去像在催眠。

我刚注意到他，就听到一声可怕的吼声，我的整个灵魂都被震住了。等我缓过神来，才意识到，刚才的吼声，不是在对什么事情做出反应，只是为吼而吼。那是一个男人的声音，朝天空长吼，好像在辱骂什么，但其实并不是在辱骂。那人可能在用尽全力背诵某首歌的歌词。我想起小学快毕业那会儿，也就是男生开始慢慢长大、疯狂运动、谈恋爱的时候，我和特奥多罗·米哈洛普洛斯非常要好，两人每天黏在一起，大声唱歌，还比较谁唱得更响亮。那时在课间，我俩每人表演一首当时流行的歌，周围还有一圈男生听我们唱，直到来个老师，打断我们的美好时光。很多时候，我都会产生这样的想法：似乎只有在一些体育比赛中，人们可以一起大声吼叫，直到声嘶力竭，很少有其他情况允许人们如此宣泄，或者说是释放。也许这也是跟人、跟物的某种互动，或是某种反思方式。从未尝试过的人或许不知道，其实这是很自然、很治愈的行为，从某种意义上说，还可以帮助自己平复心情。

我还在开船，突然想到，刚才吼叫的男人就是在岸边练气功的老头，他一定每天练气功、每天吼叫，这已经成了他的日常。

然后，我就想，要是我问其他中国人，他们肯定都会跟我说，那个老人吼叫不是在做什么运动，他就是个疯子而已。因此，我决定谁也不问了。

社交分享

古斯塔沃·伍：我的胡安"表弟"伍正桓告诉我，他发现护照上的出生日期是一个礼拜天，于是就给自己起了"胡安"这个名字——来到阿根廷，就注定要成为庇隆主义者。顺便说一句，胡安父母不会讲英文，而我的中文水平也不行，我们尝试交流，但就跟你手机快要滑落，而你努力不让它掉到地上那样徒劳。

安妮塔·伍：就类似以前耀高爷爷照顾我们的时候，我们完全不懂他在说什么。

安赫莱斯·阿斯卡苏比：伍家历险记。

古斯塔沃·伍：我正在桂林的一个公园里，感觉整个镇上的人都在这里。

莱利娅·甘达拉：真是奇妙的旅行啊，兄弟！

加比·费拉里：太棒了！

巴布罗·马科夫斯基：我在谷歌地图上搜索"桂林"，天啊，已经离香港很远了。

古斯塔沃·伍：这个公园中间是座山，名字

跟大象有关。山在河里的形状看上去就像一只大象。

保利娜·佩雷斯·伍：我没看到大象啊。你一个人？

古斯塔沃·伍：我朋友胡安的爸爸妈妈带我去的。我们就跟家人一样。他们人特别好。

保利娜·佩雷斯·伍：太好了。你当心手机，人那么多，手机可能会丢的，要丢了就惨了。

古斯塔沃·伍：李女士在岩石上看到一首诗，想送给我，就把它抄在手心里，然后又转抄到我的笔记本上。

棕色笔记本

—— 在伍家吃晚餐 ——

伍贵华为了欢迎我，开了一瓶中国红酒，酒瓶上画着长城的图案，酒是某种美洲葡萄酿制的。我住他家，他们很热情，大家都很高兴，嘴里说着"干杯"，为我能来到中国而干杯，也为我能住在他们家而干杯。

通过干杯，我们找到了一种可以完全理解对方的交流方式。我还把杯子碰在伍贵华的杯子下面，来表达我的尊敬。

桌上有猪排、紫菜、炸牛肉丸、豆腐、带肉和木耳的汤，还有米饭。"吃！吃！"伍贵华热情地说。

他俩告诉我，阿根廷不给他们签证，说要等他们儿子拿到阿根廷护照，才能给他们签证，他们已经等了六年，但仍没有结果。我能做什么呢？我不能给他们任何幻想。我告诉他们，谁也不知道为什么阿根廷领事馆的签证政策这么严格，一般来说，如果大量中国人想去阿根廷，阿根廷会适当放宽政策。但问题是，没有那么多中国人想去阿根廷，因为中国的发展前景比阿根廷要好。

我说，在阿根廷，几乎只吃牛肉，很少吃猪肉，这跟中国完全不同。他们跟我说，他们听说了。

我们语言不通，还能聊什么呢？我一次又一次地问自己，还是没得到任何答案。

别以为用语言就能表达，不用语言就没法表达。理解分不同层次，我们之间很难深入讨论问题。

李筱琳女士直直地看着我，然后跟她丈夫说了一些关于我的话。这次我完全猜不出他们说了什么。

我跟他们说，伍正桓是个好孩子，在阿根廷有很多朋友。

这时，起了一阵微风，我们说，真美好。

"阿根廷有小偷吗？"

"有的，个别。桂林呢？"

"没有，北京也没有，但不排除其他地方有。你路上要小心。"

我们终于能聊几个回合了，这让我很高兴。当然了，这世上人们说着各种语言，谈论各种话题，我们只能挑出跟中国和阿根廷有关的部分聊。即便如此，我们还是成功地让两个粒子在一个无限空间里产生了奇迹般的碰撞。

07 | 从桂林到成都 ↻

火车从桂林北站出发，朝西北方向行驶，经过贵州、重庆，抵达四川。

火车开了 25 个多小时，跑了 1500 多公里。我都没怎么注意沿途风景。从阿根廷的许多火车停止运行后，我就愈发迷上了坐火车旅行。

一方面，我很高兴看到像中国这样的国家积极承担保障社会运输的责任；另一方面，我对中国人的亲密生活十分感兴趣，而亲密生活在火车上尤其明显。

📋 棕色笔记本

——— 火车（一）———

　　火车停在一个叫"鹿寨"的车站。我之所以知道它的名字，是因为站牌上的汉字用拼音标注了出来。站牌上掉了漆的字让我想起我出生的城市圣尼古拉斯的火车站。

　　这列火车跟我小时候在圣尼古拉斯坐过的火车差不多，像是在 20 世纪 60 年代到 80 年代生产的车厢。看到中国把这种老旧的火车维护得这么好，我内心很难过，因为在阿根廷，许多铁路因资本主义私有化而惨遭废弃。中国保持着传统，而在美洲，人们却普遍相信，旧事物是阻碍社会进步的累赘。90 年代，新自由主义在阿根廷盛行，铁路系统迅速被拆除。当时的总统卡洛斯·梅内姆说："停开的路段就关了吧！"无视国有运输的社会价值，无视铁路为民众生活带来的便利。

——— 游客 ———

　　两天前，全中国开启了国庆黄金周。一周的国庆节和一周的春节是中国客运量最大的两个长假。根据我的理解，产生客流高峰主要有两个动因。其一，从 20 世纪 70 年代末改革开放以来，大量农村人口流向东部大城市，在迅速建成的工厂里打工。到了国庆节或春节，农民工可以利用一周的假期回自己老家探望亲朋好友。其二，近年来，中国社会各领域购买力稳步增长，而旅游业是促进消费的最佳渠道。而且中国的旅游业还有强烈的爱国特征。有一部分人想去纽约、巴黎这样的地方，但另一部分人则喜欢带着自豪感在这个巨大、神奇、美丽的国度畅游。

阳朔是几个世纪来最有名的美景之地。我亲眼看到了阳朔旅游业增长动力之大。漓江两岸不断扩建，每一处商业地带都一遍又一遍地翻新。游客涌向这座城市，城市里到处都是游客。我估计，从游客流量和资金流动上来说，国庆节和春节加起来的两周假期里，中国是地球上旅游业最发达的国家。

在这种情况下，我在桂林买去四川省会成都的票并不容易。

我跟卡米洛来阳朔时坐的是临时增加的大巴，我称之为"应急旅游大巴"，车上的服务真是应急式的，包括凌晨 2 点到 5 点之间随便停在路上某个地方，没洗手间，也没其他任何服务。另外，一路上，车上的电视一直都开着，播放的是用内置摄像头记录的各种交通事故，6 分钟的片子反复播放，目的是告诫乘客系好安全带。片子里出现的人都快成了我的朋友，我相信再过很多年，要是在街上再看到他们，我还能认出来。

无论如何，虽然经历了不关闭的电视、凌晨 3 小时停留，还有烟不离手的驾驶员，至少我们还是买到了车票。但现在，似乎没法离开桂林了。

幸好，我在台山的时候就买好了火车票。我已经提前很久订票了，但还是只剩下了慢车票，路程要 25 个小时，而且只有硬座票，大家都不建议买坐票，但没办法，我只能买下。

这趟旅行中，我好几次产生过一种幻想，觉得我的祖先们一直在保佑我走每一步，产生这种想法的我跟平时理性和又不信宗教的我完全不同。

我真幸运，在遇上热情友好的伍家后，又碰到了一位姓伍的列车员。她帮我完成了一个并不复杂但我自己完全不可能完成的手续，因为我既不会讲汉语，也没有列车员的"特权"。总之，我的硬座变成了一张舒适的床。

在中国坐火车，分座位和卧铺。高铁只有座位，没有卧铺，其他类型的火车都有这两种。卧铺又分两类：好的那种，是一个封闭的隔间里放两个上下铺，共四张床；差一点的，是一个开放的隔间里两侧各放一个三层床，床紧挨走廊，边走边能听到旅客不停讲话的嘈杂声音。好了，我拿到了新的车票：第一节车厢，14 号三层卧铺的中铺。

棕色笔记本

——— 隐私（一）———

伍贵华和他妻子李筱琳陪我到了火车站。他们一直陪我走到站台，依依不舍地跟我告别，让我照顾好自己。他们还给我准备了水和食物，伍贵华还给了我一件夹克，因为他听说我之后还会去乌鲁木齐，说那里已经降过雪了。

为了赶火车，我很早就到了车站。车厢还没什么人，但在我所在的隔间里，已经有一对年轻夫妻带着个三四岁的孩子了。他们占了两个下

铺，后来又来了两个男孩在上铺，而我旁边的另一个中铺一直空着。

那对年轻夫妻穿的是最新潮的服饰，他们给小男孩打扮得也很时髦。妻子非常漂亮。三个人都各自盯着自己手上的电子设备。年轻夫妻戴着金项链和金手镯，小男孩戴着带有银饰的帽子。他们一家在两个下铺之间的小桌子上摆满了零食，都是各种加工食品，没有自己家做的，这似乎是他们这代人的特点，也反映出他们的购买力。

人们拎着大包小包在狭窄的走廊里走来走去，时不时挤到一起，碰撞着床铺，有的在拼命找自己的床位。车厢里的人越来越多，这时候飘来了食物的味道，不是烹饪好的食物，而是正在烹饪的食物的味道。人们已经开始在车厢里准备方便食品了。

人们经常谈论中国人和西方人在经济、政治、科技、体育等领域的异同。而在文化领域，大家几乎不会谈论感知上的差异，而在感知方面，嗅觉就更不重要了。

中国人跟西方人在嗅觉上的差别实在太大，几乎可以肯定地说，这两个文明对于嗅觉的感知是完全不同的。

——— 火车（二）———

在布宜诺斯艾利斯上大学的那几年，我经常坐火车回圣尼古拉斯，看望我母亲和她家人。那时候，我们总是一群年轻人一起坐火车，在车上度过的那些时光，不知为何，总是非常快乐，仿佛火车在时间里开了一道口子，把一个自由空间装了进去。那是一个自由行走、奔跑的空间，空间里发生的任何事情都留在了路上。在火车上度过的时间里，一切都那么特别：餐车里的咖啡加牛奶、火车发出的隆隆声、透过窗户看到的低洼地里的奶牛、跟其他陌生乘客聊天，还有想吸引一群女孩过来却总以失败告终的经历。就连乘务员边走边卖的火腿奶酪三明治都显得尤为独特——三明治特别大，用的是当天新鲜出炉的法式面包，那是我们记忆里吃过的最好吃的三明治，三明治的名字也正好叫"特款"。等我大学毕业离开阿根廷时，火车在我心中变成了一种甜蜜的怀念。后来，我重回阿根廷，很多铁路已被不幸拆除，这让我更怀念坐火车旅行的那些日子了。

我在火车上印象最深的是，这些阿根廷人从 20 世纪 80 年代以来认为古老而荒谬的火车，实际上是如此高贵。中国人通过提供优质服务来体现这些火车的高贵之处。原来，这些火车并不像我们以为的那么无用，它们包含一种谦卑精神，遵照的是为人民服务的公共交通的最初设想，而不是市场和竞争优先。

在中国，有些市场竞争是不太足的，因为需求持续高于供应。另外也很难想象，中国航空、铁路、汽车运输中会产生竞争。

因此，服务质量也受到了其他因素影响。在铁路运输上，我看到一个很重要的因素——中国人普遍对火车怀有爱国主义的自豪感。

我在桂林站的站台上看到，所有乘务人员整齐划一，守护在各自负责的车厢门口。这些人里有男有女，大家都身穿深蓝和浅蓝相间、带有金色纽扣和红色装饰的制服，朴实而坚定的脸庞，透出一种荣誉感。这让我十分感动。

在阿根廷，每列火车有一名警卫人员，还有一名列车员会穿行售卖"特款"三明治。在这里，每节车厢有一名警卫人员。警卫人员、维修人员、清洁人员、推销人员还有其他各种服务人员……这里的火车上工作人员数量很多，跟阿根廷那种为了节省成本而偷工减料的做法截然相反。

——— 火车（三）———

我得在火车上度过 25 个小时。我买了些花生和一份葡萄，还吃了李筱琳女士给我的椰蓉面包和两盒 250 毫升的牛奶。我想，以前她儿子我朋友胡安上学时，她就为他准备这些零食吧。

——— 火车过夜 ———

夜晚，人们在车厢间穿行。火车上过夜总能反映出隐藏在苏醒中的秘密。卧铺是横跨在车厢里的，床脚和对侧之间有一条过道。过道一侧是躺着的人们，另一侧是窗户。窗户旁边有很小的折叠桌椅。要是小椅子上坐了人，有人经过时，椅子上的人得站起来让路，否则过道就堵住了。

到了晚上，透过窗户可以看到外面黑压压一片，车厢里几乎没有光。等我眼睛适应了车厢内的亮度，我看到天空比地面的颜色要浅，还看到了卧铺上突起来的"团块"。有人安静地吃着东西，食物的香味从远处飘来，感觉就像在山洞里一样。有

孩子光着身子睡着觉，不受任何外界干扰。还有难闻的味道，比如独自旅行的男人或老人口中浓郁的呼吸。有些女性身体像年轻的小鹿一样优雅，似乎不会对床产生任何压力。到处都能看到赤脚：有年轻小伙子的脚，有小孩子的稚嫩脚丫，有胖胖的老妇人带着大趾甲的脚，还有青少年的白脚。人们就像在自己家里一样伸展着身体和脚。

────── 隐私（二）──────

在阳朔时，我就跟那个美国人克里斯说："在中国，你很难找到隐私空间。"这对美国人来说，可能无法想象。

在理解关于隐私的界限差别之前，首先要思考"集体"的概念。中国的主流思维是"个体服从"。跟西方相比，"空间""个体"的存在感在中国比较低。"个体"的神圣性是资产阶级革命和所有自由（不管这自由是演变成了无政府主义，还是统治阶级征服他人的陷阱）的基石，个体摆脱国家压迫，或是作为社会控制下被创造出的个体，这些"个体"都是西方的，而中国则完全运行着另一套机制。

此外，从 20 世纪中叶以来，中国一直坚持社会主义道路，因此它以社会权利的逻辑发展，而《人权宣言》推崇的是以个体为主体。

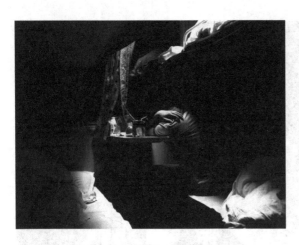

好了，我也该躺下来了。现在是凌晨 3 点。火车一直在晃动，就跟以前从布宜诺斯艾利斯到圣尼古拉斯的火车一样，这既让我产生了距离感，同时又有一种不可抗拒的熟悉感。我想到爸爸时也会有同样的感觉。

08 | 成都

成都有大熊猫和许多历史遗址，近年来，这里游客数量呈螺旋式上升。据记载，在公元 759 年至 762 年间，诗人杜甫曾在成都建了一个草堂。当地人说，现在的杜甫草堂是后人重建的。最近几年重建的？不，

重建于 1078 年，后来又经多次修建，才达到现在的规模。

成都建于 24 个世纪前，作为四川的省会，成都是中国西部的门户枢纽。我通过"沙发客"找到一个公寓，里面住着两个塞尔维亚年轻人和一个香港姑娘，我很快和他们交上了朋友。公寓在天府新区，一个十分现代化的区域，无数高楼正拔地而起，目的是留住当地人才，避免他们大规模移民到东部沿海城市。有人告诉我："成都现有人口超过 1100 万。新建的这些社区就可以容纳那么多人。"

我没去看大熊猫，也没去参观专门为游客开放的寺庙，不过，我倒是在人民公园里待了好几个小时，还去了三星堆博物馆。三星堆很神秘，最初由一个农民在 1929 年挖井时偶然发现，从那以后，很长时间里，考古学家一直没有新突破。直到 1986 年，几名工人再次偶然发现两个祭祀坑，里面有成千上万的金、铜、玉器和陶瓷物品。研究人员惊奇地发现，这些物品属于中国艺术史上一种完全未知的艺术风格。这些物品出自公元前 12 到前 11 世纪，却似乎未在传说故事或历史记载中留下过任何痕迹。

💡 与记忆对话

——————— 成都行程 ———————

——你去成都时，那里的天气热吗？

——我是秋天去的，在桂林待的最后两天很凉爽。我到成都的那天早晨，天空是深灰色的，不一会儿就开始下雨了。我在成都东站下车时没下雨，但已经感受不到南方的酷热了。我还记得那种炎热，带着热带的湿润，让我日夜不停地流汗，像个必须减掉两公斤才能打比赛的拳击手一样。

——你为什么去成都?

——我是听了钟传敏和刘舒的建议。他俩当时在布宜诺斯艾利斯的萨尔瓦多大学东方研究院教书。他们已经在阿根廷生活了好几年，但跟华人圈子接触不多，可能因为他们不是福建人，毕竟在阿根廷，90% 以上的中国人都来自福建，也可能是因为在阿根廷没什么成都人。另外，他们主要做学术，而在阿根廷，很少有中国移民跟他们从事一样的工作。他们拥有强烈的爱国情怀，在没有得到任何支持的情况下，出版了好几本书，不遗余力地推动阿根廷人走近中国文化。

——他俩就像一个中国文化的传播中心。

——刘舒的父亲是一名考古学家，专门研究三星堆遗址。刘舒继承了父亲对学术的热情，在阿根廷和她丈夫一起传播三星堆文化。我曾见证他们在三个月的时间里为了一个关于三星堆的展览奔波，调动所有资源，为图片裱框、设计展板和说明手册、寻找展览场地、组织开幕式、邀请中国使馆人员和阿根廷官员参观。三星堆博物馆和考古遗址都在成都附近，而我出于朋友之间的友谊，也因为理解刘舒和她父亲的关系，更因为这个主题本身很吸引我，所以很想去参观。

棕色笔记本

—— 内纳德 ——

我在"沙发客"上订了塞尔维亚男孩内纳德的公寓，之后几天会住他家。内纳德之前就跟我详细介绍了怎么从火车站坐地铁到他家附近。我从火车站出来，手里没有地图，就在摩托车司机中随便找了一位，给他看地址，他把我那沉重的绿包放在踏板上，催我上车，说带我去那里。这个包是我的教父埃德加多·洛伦佐送我的。我上次去他家看他时，他正准备离开那个和他妻子和女儿住了 30 年的房子，他本来准备扔掉一些东西，后来挑了一些送给我。他还送我一双相当不错的鞋，还有一个他弟弟也就是我叔叔科科的闹钟。

内纳德跟埃莉塞和尼古拉一起住，公寓里还有几个他们的朋友在。埃莉塞是个香港姑娘，尼古拉是内纳德的老乡。尼古拉和内纳德是我认识的头两个塞尔维亚人，跟我之前对塞尔维亚人的印象出奇一致。

内纳德 31 岁，去过 52 个国家旅行。他有巴尔干人的疯狂个性，比如他想到某件事，就会像头山羊一样固执地去做，他不会激进，但意志非常坚定。到中国之前，他在印度尼西亚居住过，但在那里存不下钱，于是就来了中国，在学校当英文老师。在成都，他每个月收入 2000 美元，够他在一片宏伟的高楼中租下一套公寓，还能出去旅行。

在雅加达时，他有个女朋友，但他还是离开了那里，因为受不了那里的酷热潮湿，他说，那样的气候会让他"失去幽默感"。他选择来成都是因为自己对四川感兴趣，觉得四川人比东部城市的人生活得更轻松一些。

我们朝着一座寺庙走去，他告诉我，印度尼西亚国家大，是世界第四人口大国，但那里没什么社会法规，或者说人们不遵守社会法规。他给我看了几张照片，那照片真是魔幻：一个人把一条巨大的蛇当宠物一样带到广场上散步；一个很矮的人打扮成难以描述的模样，到一个夜店跳舞（"他为什么要这么打扮呢？"）；一个男人在街上卖旧床垫（"谁都可以在街上卖任何东西。"）；大街上，汽车、摩托车、行人、自行车杂乱无章地混杂在一起；两个男人在街上围着路中间的一个洞（"我看到一个人，什么工具都没带，就到街上去填补那个洞，然后突然就跟另一个男人打起架来。我就凑过去看了眼。"）。他指着照片，跟我说："这个男的去补洞，另一个男的要在洞里钓鱼！你看他竿和线都准备好了。一个说补洞是他的工作，另一个说他要钓鱼来养家糊口。两个疯子！"

关于对人生的看法，内纳德和我大学同学胡安·奥瓦里奥很像。他俩是一类人。我一直很喜欢胡安的性格，他年轻时就一副古典扮相，永远穿着彼德拉斯街上快要消失的老裁缝店里的衬衣、正装裤和鞋子，最爱穿棕色和浅蓝色。他去一个陌生城市，第一件事就是找当地的跑马场。他父母并不懂赛马，他是从祖父那边学来的知识。

内纳德跟胡安一样，有一套自己的生活方式。内纳德自成一派，他喜欢在最奇怪、最不可预知的世界里游荡。

我希望过几年后还有机会见到内纳德，就像此刻，我很想念胡安。

————— 新风景里的寺庙 —————

铁像寺附近有个尼姑庵，完好地保存了几个世纪，唯一变化的是历史在它身上留下的那些印记。不过周围环境已经千变万化，如同一阵飓风过境，留下了一个超现实的世界。这里是天府新区，到处是美食区、巨型建筑群、公园、露天购物中心。对了，这里还有个 400 米长的购物中心，是中国最大的购物中心之一。

在古老的尼姑庵入口处，有一块中英双语的指示牌，方便游客游览。从入口处走进去，里面的庙宇让人印象深刻。这些庙宇是有生气的，但要仔细观察细节才能感受到这种生气，比如点着的香、地上的拜垫、靠墙摆放的水桶和扫帚，否则那里仿佛可以在没有人烟的情况下在时间中永恒。

这些寺庙自带神秘感和荒凉感，水和暗光在寂静无声的植物中流淌，因而非常适合人们在这里冥想。

我们在一间屋子里看到了一些尼姑，似乎是一位老师和一群学生。

有个老妇人在走廊上拦住我们，像要劫持一样把我们带到一个吃饭的地方，而我们也无法抗拒好奇心。她究竟要带我们去哪里？这时，另外几个女人叫住我们，说着我和内纳德都听不懂的话，然后掏出一套碗筷，用热水冲洗，给我们盛饭，带我们到一个僻静的地方，让我们用餐。那个地方显然是专门给男人用的。

食物比较寡淡，不太合我们胃口，毕竟我们早饭刚吃了一碗面。内纳德有点沮丧，而我图个新鲜。吃完饭，她们又让我们给了一点钱。

💡 与记忆对话

——"沙发客"——

——那个名叫内纳德的塞尔维亚人是通过"沙发客"接待你的？

——是的，去中国前我就知道"沙发客"，但从没用过。第一次用就是为了在成都找住宿的地方，最后定了内纳德的房子。从"沙发客"上预订住宿的成本可能比酒店还高。

——为什么？

　　——因为你可能跟一个生活不顺的人一起住，因为你得完全放下隐私，因为你没法掌控生活条件。一个人到另一人家里住，家的主人有自己的生活节奏和方式，他的房子住着可能还挺舒服，但你在去之前是无法真正了解它的。

　　——这个平台针对的是年轻人，不是你这个岁数的人。

　　——我去中国时 52 岁。我不知道"沙发客"上有多少 50 岁以上的用户。要忍受这个系统设置的种种限制，花很少的钱旅行，不断结识新人，享受意料之外的事，这些都是年轻人玩的。但我就不愿意在青旅里看到我这个年纪的人。要是看到像我这么旅行的人，我肯定会想，这老头在这里干吗？

　　——那你为什么用"沙发客"？

　　——我用它，不光是为了让自己感觉年轻，也不是因为吝啬，主要是因为完全同意"沙发客"提出的旅行概念。

　　——什么概念？

　　——人到外国旅行，一定要跟当地人接触。另外，这个平台反对消费主义，推动人之间的团结，跟所谓的旅游产业不一样，如果是一个产业，那么游客只是那些资本家获得丰厚利润的工具。所以"沙发客"带给我的旅行体验很棒。

　　——所以你在他家也感受到了这一点。

　　——内纳德一直用"沙发客"，他家永远挤满了人，我在他家待的这几天认识了很多平时很难认识的人。

　　——你在他家认识了谁？

　　——内纳德，另一个塞尔维亚人，还有一个香港姑娘埃莉塞。我在成都第一次坐地铁时，手机突然失灵了。这让我非常焦虑，因为没了手机，我没法做任何事：手机里存着各种地址、路线、地图，还有翻译软件等，手机坏了，我没法找人求助。等我好不容易回到内纳德家里，埃莉塞，这个比我大儿子年纪还小的姑娘，还没等我问她哪里能修手机，就把我手机拿了过去，不知按了什么键，手机活过来了。

——嗯，这就是你俩的年龄差距。

——我觉得自己的灵魂终于回来了，还对中国女性帮助男人解决问题的能力感到惊讶。我跟父亲家人一起生活时，就体验过中国女性的干练，现在这种原始力量又出现了。我想起《一个野蛮人在亚洲》这本书里，亨利·米肖感叹中国女性帮人安排生活的能力。他说自己一直感觉被推着前进，被迫做决定，中国女性总有一堆大道理。接下来的几天，我跟内纳德出门时，都会问埃莉塞，包里应该带些什么。

棕色笔记本

——— 成都人民公园笔记 ———

公园周围的人行道上有许多隔开的摊位，上面堆着各种颜色鲜艳的干果，看上去就像哑光质感的珠宝。

摆摊的中国人长得很有特点，留着另一种发型，言谈举止与一般中国人不同，但他们也是中国人，是新疆人。

我看到很多父母带着几乎还不会走路的小孩。

有个人用塑料瓶喷水在地上画肖像画。亨利·米肖说，每个中国人都是一个工匠。很多人聚集在这个人周围。他的画令人惊叹，他把旁边戴帽子的模特画得惟妙惟肖。

我想起我爸爸的画家朋友罗尧。他曾说，他不担心没钱，要是有一天他失去了一切，可以到街上去给人作画、卖画。他非常喜欢电影《英雄》，特别是里面一个场景——秦国军队攻打赵国，赵人纹丝不动，集体在地上练习书法，把知识传递给下一代。

我还在其他地方的人民公园里见过老人用毛笔在地上练字练画，他

们不是在讨饭，甚至我估计别人给他们钱他们也不会接受，他们这么做是接受文化洗礼、向文化致敬。

人民公园不是公共空间，而是集体的隐私空间。广场上每个人都那么自在，就像阿根廷人在家聚会庆祝生日或圣诞节那样，又唱又跳。中国人在广场上练习音乐、跳舞、太极，他们不需要观众，他们自娱自乐，其他人既不会惊奇，也不会觉得有什么距离感，因此也就不会不好意思参与进去了。

───── 成都发展 ─────

成都最老的火车站成都站有好几个布宜诺斯艾利斯第十一区那么大。各种各样的批发商在狭小的空间里做生意，商品挤到了人行道和街上。20 平方米的空间里可以停 3 辆车、46 个背着大包小包的行人、34 辆载着东西的摩托车、86 个推着满是货物的小车等着工作的搬运工，还有 8 平方米堆放着各种商品。

总之，阿莉萨开车带我去火车站附近的公交汽车站时并不顺利。好不容易到了车站，我要出发去三星堆博物馆了。

我到成都那天，内纳德就介绍我认识了阿莉萨。其实他俩是在前一天吃早餐时刚认识的。阿莉萨看起来非常保守，28 岁的年龄，看起来像 48 岁。她的衣服都到膝盖以下，发型、妆容也像中年女子，她爱听浪漫的音乐，她建议我去的地方都是一些大众景点（比如去看熊猫、去逛某个有名的寺庙）。她似乎也属于新兴阶层，去过很多国家旅游，喜欢跟外国人打交道。

阿莉萨在房地产公司工作，对城市规划十分了解，她详细地跟我介绍了房地产行业的繁荣和那些壮观的公共工程。

放眼望去，全是高楼大厦，仿佛每层楼都能容下一座城市——10 万人住在一楼，10 万人住在二楼，以此类推。或许每天晚上，成都都会被倒挂起来，各种建筑就如水流一般向上涌出，沉淀成巨型几何状。到了早上，成都就又多了一个可以容纳一座城的空间。

这种现象似乎在全国都很普遍，不过成都这种想要留住大量到东部寻求发展的人口的城市可能更具代表性。

阿莉萨在车上帮我给内纳德的房子算了笔账。她说，内纳德、埃莉塞和尼古拉三人合租的公寓有 80 平方米，在地段最好的一个小区里，大概值 12 万到 14 万美元。这个数字对布宜诺斯艾利斯来说太不可思议了，那里同等公寓的价格比这里大概要高出四五倍。

在之后的旅程中，有人跟我说："在中国，到处都在建高楼，但

很多都成了空楼。最近我在新闻里看到说，中国的空楼足以容纳世界其他地方的人，所以房价在不断下降。"整个天府新区就是中国房地产快速发展的一个典型标志。从内纳德家窗户看出去，大约有 3 万平方米的地方堆满了瓦砾，旁边是零散的小破房子。据说，等政府安置完这些房子里的住户，这片地上就要建三四十层的高楼了。我跟阿莉萨约在一个露天的购物中心见面，购物中心是欧式建筑，设计非常先进，从那里走过几个街区，就到了新世纪环球中心——它可能是亚洲最大的购物中心，据说有 400 米长，里面还有一个水上乐园。

有一次，我跟父亲聊天时，他告诉我："不久前，那里发生了一场大地震，震中不在成都，但在四川省，成都的一些房屋也受到影响坍塌了，所以当地就借此机会盖新楼，毕竟现在中国实力也强了，但他们没怎么建住房，而是主要建写字楼了。中国电视台这么说的，我在这里（纽约）看到的。"

我们回到阿莉萨的车上。她的车还装了 GPS 和雷达，要是旁边有车，会马上发出警报，车上还有很多其他神秘装置，这让我想起火车上带着自己孩子旅行的那对时髦夫妇。

我坐在副驾驶座位上，后座上是阿莉萨的妈妈。她妈妈和她一样，戴着浅色的美瞳隐形眼镜。她妈妈的眼睛是天蓝色的，她的是黄色的。

她妈妈似乎对自己女儿的英语水平十分满意，她想知道我们是怎么认识的，我多大年纪。不过她只是随口问问的样子，看不出有什么目的。

阿莉萨一边跟我解释成都的一些新政策，一边向我介绍这座城市的运作方式，比如我们是怎么沿着这条路从成都北面一路穿到南面，比如成都的城市规划为什么呈四个同心环。

从四环线上的天府新区到成都北站开了很久，我们一路上聊了好几个话题。

当我告诉她我的年龄时，她似乎不好意思告诉她妈妈，不过她告诉我，她妈妈 50 岁。我们聊到摇滚，她一开始没听明白，等理解之后，还特意夸张地模仿了唱摇滚乐的样子。

💡 与记忆对话

—— 三星堆博物馆 ——

——你是坐火车去的三星堆博物馆？

——不，在火车站附近坐的公共汽车。阿莉萨的妈妈陪我去的，她几乎不会讲英语，我也几乎不会讲汉语。她比画着告诉我，我该在哪站下车，但我还是没听明白。她担心我迷路，就跟司机说话，司机没好气地打发了她。我推测，司机到时候会叫我下车，不过我最好还是别推测了，毕竟我们讲的不是同一种语言，我又身处一个陌生的地方。

——那你后来怎么知道哪里下车的？

——车开了一个多小时后，我在远处的田间看到了一幅我在布宜诺斯艾利斯见过的三星堆的照片，我估计那里就是博物馆了。我没法跟司机交流，只能坚持让他把我放在路中间，他似乎很生气。下车后，我往回走，找到了我前面见到的地方——一幅像一个鸟头的照片。

——那个博物馆就在田间？

——是的，不在市中心，但博物馆本身就像一座城市，有一个好几公顷的公园，里面有一小片森林，还有桥、儿童游乐场、一些适合闲逛的小道、人工小溪上的过桥，还有保存考古遗迹的各种建筑。要是放在世界上其他地方，估计只要四五个展示厅就够放了。在整个旅途中，我都对中国式的规模感到惊讶，空间的无限感，时间的永恒感，让现实充满传说和幻想。

——博物馆怎么样？

——博物馆就是在三星堆遗址上建成的。我觉得，研究人员的目的似乎不是向大众展示考古发现、进展，这跟钟传敏和刘舒向阿根廷民众介绍的那种激情澎湃的感觉正好相反。

——但博物馆里面做得好吗？

——从美学上来讲，博物馆设计得很棒。在室外，可以感受到一种和平与平衡感，在展厅里，能感受到展品的美感。每件文物都被单独展出。还有巨型的艺术装饰突出不同作品的特点。色彩、灯光、材质，以及博物馆的布局，比我

去过的任何博物馆都要好。

——但是看不出对三星堆遗迹的爱和尊重。

——没错。那种精湛的设计似乎可以应用到任何一种主题上，考古的、艺术的、历史的、宗教的。关于考古发现和相关文化的信息介绍无可挑剔，但博物馆里到处都是印着各种文字的展示板，感觉这个博物馆是专门给专家参观的。博物馆里没有讲述这些作品的起源之谜，没有介绍为什么这些作品的外表跟遥远的美索不达米亚、埃及乃至美洲的一些文化具有共同特征。这座博物馆似乎只想传递这样一个信息：我们的过去无法估量，我们的文化根基自成一派，它使我们为自己身为中国人而骄傲。

我和内纳德、埃莉塞从成都出发，一起去汶川城区和两个羌族村寨——桃坪羌寨和萝卜寨。2008年的一场地震摧毁了这里的一切，不过现在这里已经奇迹般地重建了起来。

我们发现，当地人将古老的羌族文化变成了一个吸引游客的卖点。更让我们感到触动的是，千年以来，羌族人形成了一种与大自然高度和谐的生活方式。看着他们的生活，我体会到了中国人的大智慧。

与记忆对话

——— 去汶川 ———

——你通过"沙发客"又订了另外一个公寓?

——有个加泰罗尼亚人很热情地邀请我到他家住。就在我准备搬去他家的那天,内纳德问我愿不愿意和他一起去汶川,说他一直很想去,因为几年前,那里遭受了毁灭性的地震,他想看看当地重建得怎么样。我答应了他。我们就等埃莉塞了,她去内纳德和尼古拉教书的学校参加面试。等她回来后,我们就出发了。

——自由的人们,幸福的旅行啊。

——不算吧。埃莉塞心情不太好,因为她面试没通过,据说是因为她长得不像外国人,所以学校没招她当英文老师。尼古拉提醒我,我们之前跟那个学校的校长一起吃过饭,校长还想请我去当老师。他们还给我算了一笔账,说我用工资的五分之一就能租到一套像他们住的那样的公寓,剩下的五分之四够我花销,另外还能有很多业余时间。"那所学校里都是有钱人家的小孩,我们赚钱比较轻松。"尼古拉告诉我。他的女朋友是个非常漂亮、讲究的中国姑娘,她让我想到埃米尔·库斯图里察的电影里某个巴尔干人的生活场景——音乐、酒精、派对、任意挥霍的美钞、镶金的牙齿、高档服饰、豪车。加上中国人,这画面更丰富了。

——尼古拉和他女朋友没一起去汶川?

——没有,只有内纳德和心情不好的埃莉塞跟我一起去。我们走到天府街,然后打车到了距离高速公路收费站 100 米的地方,爬上路堤,准备在路边拦车。

——你居然在中国搭便车?

——是的,我准备在中国搭便车,好像这里人都不这么做。

📓棕色笔记本

——— 搭便车 ———

内纳德问我，我上一次搭便车旅行是什么时候。我想不起来了。

我想起很久以前的几次搭便车旅行。比如跟朋友从圣尼古拉斯到圣胡安，路上司机把车停在沙漠里，我们下车去抓山羊，然后把羊拖上车。那时我们喜欢打棒球，身体素质非常好。

我还想起，我在服兵役时去米西奥内斯省旅行，路上，卡车司机撞倒了一匹马。还有一次，载我那人把他那辆时髦轿车开到时速180公里，他还让我驾驶，说自己想休息一会儿，于是我把车飙到时速200公里，最后我俩差点撞到一辆卡车上。

不过这些故事我都没说，我不是那种喜欢在饭桌上大谈自己过往的大叔，我想让自己适应"沙发客"的方式，跟一群国际化的、自由自在的、叛逆而不反叛、聪明，还继承了点祖父辈嬉皮士精神的90后交流。

"沙发客"的出现，更方便这些年轻人行走世界。他们互相提供住宿，互相提供各类出行帮助。卡米洛·埃斯特拉达·冈萨雷斯就是通过"沙发客"帮我在香港、广州和乌鲁木齐找到了住宿。"沙发客"的体系跟库尔特·冯内古特的小说《闹剧》里描述的家庭有点相似。

总之，我就这么在中国高速公路上跟一群年轻人等着搭便车。这些年轻人出生的时候，我可能都已经开始吃降压药了。

我们经过收费站时，后面传来几声大喊，接着看到三名保安朝我们这里跑过来。内纳德和埃莉塞很兴奋，完全不在意他们，还高兴地用英语大叫："这是一个自由的世界！"就像两个愤青。而我只能诅咒自己这把年纪了还安定不下来，因为很明显，那些保安正在报警，警察随时可能出现并逮捕我们。那几个年轻人似乎以叛逆为荣，而我这个蠢老头感觉自己的旅程要就此结束了。

就在保安们赶上来要抓住我们衣服时,一辆车停了下来,解救了我们。

车上的中国人是个大个子,行动有些缓慢,手很粗糙,嗓门很大。他把自己挤在驾驶的轻卡里,脑袋顶着天花板,身体自然无法坐直。我们坐得也并不舒适,因为副驾驶座留给了一个他之后要接的朋友,而我们坐的后排座位其实只是一条摇摇欲坠的长凳。我们还有 130 公里的路要开。

埃莉塞告诉他,我们来自塞尔维亚和阿根廷。他大声说,我可不是车上唯一一块"阿根廷肉",因为他车后备厢里运的都是来自阿根廷的肉罐头,现在正要送到一所学校去。

他那不以为然的态度让我有些迷茫。就像中国人不关心他们每天食用的大豆大部分来自阿根廷,这也让一些阿根廷人迷茫。毕竟大豆是我们国家的主要农产品,但对中国人来说,只占到了他们每年全部进口份额的 0.03%。这真让我们阿根廷人那股骄傲劲儿大受打击。

我们跟卡车司机聊了好一会儿,我突然意识到,埃莉塞一直在给我当翻译。我想起在古巴工作时,给最爱说话的古巴人和最孜孜不倦的日本记者之间当翻译的时光。我有点同情埃莉塞,让她不用再翻译了。于是,埃莉塞就偶尔表达几句自己的观点,不再翻译我那些辞藻华丽的长篇大论了。

前一天晚上吃饭时,我想告诉招待我们的那家人,他们做的饭菜很好吃。我动作有点浮夸,甚至还想纠正埃莉塞某个汉语表达方式,但他们只是一直看着我,最后,埃莉塞几乎把身子缩到了桌子下,责怪我:"你说的这些话没有任何意义。"

除了一辆装满沙子的卡车,其余从我们身边经过的都是高端品牌的车,其中有辆车的车主是个年轻人,戴着墨镜,叼着烟,时速开到了200 公里。这让我想起那位说自己要睡觉,让我开他车,结果我差点把车撞翻的人。

说来真奇怪，那个年轻人竟然愿意让我搭便车，一般来说，那么喜欢豪车的人都有些自私，比如可能是为了自己能睡觉，才让我搭便车、开他车。但眼前这个中国人却像对待亲兄弟一样很自然地答应让我们搭了便车。

我之前就说过，中国人像资本家一样赚钱，又像共产主义者一样分配，当然是中国式的共产主义，注重集体性。

经过漫长的旅程，我们终于到达了汶川。

——— 汶川 ———

我们只在汶川郊外看到地震留下的一点痕迹：一大片工地上，工人正在重建楼房。

2008 年 5 月 12 日下午两点半，汶川发生地震。汶川地震是当代中国历史上破坏性第二大的地震，仅次于 1976 年唐山大地震。唐山大地

震造成 24 万人丧生。而汶川地震强度之大,在遥远的北京和上海都有
震感。

数据显示,在汶川地震中,至少有 6.9 万人遇难,约 40 万人受伤。

我们在汶川最先看到的是一座地基刚打好的高楼,外部材料看起
来像是土坯和原木,仿佛要打造成一个极具当地风格,或者说民族特色
的建筑。这种风格有点像墨西哥建筑或玻利维亚的"肖莱",外形上保
留了传统、古老的文化象征,又吸纳、融合了当代建筑技术、材料和
风格。

胡锦涛担任国家领导人时将重建汶川当作全国性的事业,并积极赞
扬少数民族对当地发展的贡献。

于是,汶川附近的羌族村寨就作为典型被改造成了旅游景点,既反
映出对灾难的哀悼,又抒发了爱国主义情怀。

当地的旅游规划要求增强少数民族价值,把并不富裕的少数民族作
为吸引游客的元素,吸引其他较高收入行业的人前来旅游,从而创收。

在政府支持下,少数民族将自己的传统文化变成一种资源,从国内
旅游市场上吸收部分财富。毕竟,中国的经济发展速度是其他国家无法
比拟的,中国也是世界第二大经济体。

于是,世代耕田的羌族人开始向世人展示自己的日常工作。

在旅途中,我最开始以为羌族人主要是果农,他们坐在汶川的商业
区街边卖苹果、葡萄、梨、无花果和其他很多不知名的水果。

大多数女性都穿着她们的传统服饰,说明这些衣服不光是展示给游
客看的。我们一看到她们的装饰,自然忍不住按相机快门。她们似乎见
惯了闪光灯,但厌倦别人对着她们拍照。十一黄金周刚过,她们刚"接
待"了一大批对她们不停拍照的游客。

她们把色彩鲜艳、造型独特的服饰穿在身上,看上去自然又自豪。
她们的举止庄重而朴素,让人忍不住多看几眼。

羌族人对传统服饰的喜好,他们的生产方式,还有他们的古老建
筑,会让人觉得当地不太发达。

但这种想法陈旧而荒谬。要知道，一直以来，他们都跟其他族群保持着密切联系，他们完全能选择融入更现代的生活，但他们还是选择保持他们固有的生活方式。这在很大程度上也决定了他们拥有和周围社会完全不同的一些特征。

他们依然遵循大自然的规律，根据季节变化种植不同的蔬菜水果。我们去的时候是秋天，因此只能买到夏末时节的水果。

之后我们在桃坪乡还看到了当地人在不到两米宽的梯田上耕种。那里还有美丽、粗壮、野生的树木。

😑 与记忆对话

——— 在多民族之城看日落 ———

——你跟我说过，汶川有一个民族公园。

——是一条多民族主题的文化街，里面有很多展现当地人生活场景的雕塑和房屋。

——是汶川的人民广场吗?

　　——不是的,文化街在横穿汶川的河两侧,大约有 500 米长。我们是在一天傍晚去的,在那里感受到了喧闹的国庆假期后久违的宁静。只有几个酒吧还开着门,还有个别人行走或坐在河边的亭子里,青绿的河水拍打着两岸。

　　——河穿过市区?

　　——是的,汶川建在蜿蜒的河两岸。其中有一座桥叫红军桥,很漂亮、很长,由铁和木头制成。桥的尽头是一条小路,沿着小路的阶梯爬上去,就能看到两座宝塔形的亭子和一座圆柱形的纪念碑。这座纪念碑具有典型的中式现当代审美。纪念碑表面是展现各族人民如何建设祖国的浮雕——有农民、工人,还有士兵、学生。

　　——一切都跟民族有关。

　　——在那里,我们还看到一群女人跳舞,其中有些穿着羌族传统服

饰。从某个电子设备传来女声合唱，音调非常高。埃莉塞说："歌唱的是'没有共产党，就没有新中国'。"

——汶川有地震博物馆吗?

——我觉得更像是展现震后重建的博物馆，我们没能进去，但从外面可以看到，里面挂着一幅大照片，我们在其他很多地方都见过。照片上是胡锦涛主席，汶川发生地震时，他作为国家领导人用扩音器指挥救援任务。由共产党领导广大劳动人民的理念，以及充满了传统民族主义美学的祖国概念，如今依然能感受到。我们好不容易找到了一个落脚地，是一家民宿，民宿开在一家美发店楼上。房间里没有电，但有三张看起来还不错的床，床单飘着芳香，房间也很整洁。我觉得自己又回到了在夜里坐火车的感觉：我们三个人在黑暗中愉快地聊天，谁也不知道其他人是什么时候睡过去的。

棕色笔记本

———— 桃坪羌寨 ————

我们乘坐一辆大巴去一个羌族村庄。车票价格让我多少了解了中国游客欣赏国内城镇风景的出行费用——非常贵。

村庄入口处令人叹为观止。有一个大拱门，将游客的视线带到一个迷失在太古时代的世界。到处是彩色的山羊头骨装饰和锤切的碎石块，看不到合成材料，也基本看不出最近 500 年里使用的建筑材料。侏罗纪公园看到了也恐怕要瑟瑟发抖。

大拱门所在的一大片平地上停了约 30 辆大巴。还可以看到其他开放空间里，有很多酒吧和卖工艺品的小摊。

在其中一家酒吧，有五个羌族人围着一张贴着某款苏打水广告的桌子坐着，他们像哥萨克人一样人高马大，穿着半旧动物皮大衣、可以穿到南极的抗寒皮靴、用单手很难抬起的厚实帽子，还戴着墨镜。

他们原始的长相和五颜六色的桌子之间的对比，他们戴着的墨镜和手上拿着的啤酒罐子之间的对比，形成了强烈反差。

国庆期间，成千上万游客蜂拥而来，国庆过后，这个地方看起来有些疲惫，就像一场结婚派对结束，所有宾客离开后，主人看着家里的样子，欲哭无泪。我们看到的那家酒吧是唯一一家开着的酒吧，卖手工艺品的摊位也几乎全都关着门，旅游问讯处没什么人，个别几个营业的商铺见不到什么营业员，除了几根手链和钥匙圈，也见不到其他商品。

我们迅速走过那个专门为游客服务的地方，进入村庄。

和汶川一样，这个村落也有一条河穿过，河水在山间流转。这条河窄一些，两岸的山坡比较陡峭，房屋也跟着地势建在陡峭的路面上。

在村庄附近和山坡上可以看到许多梯田，窄得不可思议，但很多地方种着树，还有一些女人在劳作。

我们穿过房屋与房屋之间狭窄的小路。流水无处不在：在路旁细窄的沟渠里，在房屋下流淌，沿着石墙滴落。我们身处一个湿润、纯净的世界中，那里有石头、水流、植物、发光的蜗牛、缓慢爬行的昆虫和跳跃的青蛙。路是那么狭窄而陡峭，只能步行上坡下坡。

在这里，到处都是奇形怪状的、高高的房屋，每个房屋的根基都很小，从地上拔起8—10米高，看起来更像是一座座越往上越窄的塔。

我们打开手机上自带的手电筒，沿着一条黑暗的走廊走着，突然发现已经走到了一间屋子里。我们看到一个祭坛，似乎是某种原始宗教的，另外还有一大幅毛泽东的画像。似乎没人住在这里。我们找到了楼梯，就爬了上去。楼上还有一个房间，里面有一个小一点的祭坛。又是楼梯，于是我们接着往上爬。

我们一层一层往上走，每一层的空间递减，最后我们来到了第五层。在那里，每面墙上都有一扇小窗户。我们透过窗户，看到外面有许

多外形相似的房屋，还有一些带有露台。

房屋顺着坡道沿着小溪往上建造，外墙都是石块，楼顶还有一块或几块白色石头。我觉得自己在梦境中，周围一切都不像现实世界。仿佛这些房屋从中世纪保存至今，但它们似乎并非来自地球，而是来自另一个星球，也许是厄休拉·勒古恩的书里提到的某个世界。只有这样一个奇幻世界才能在 2008 年那场残酷的地震中毫发未损。

我们在塔顶停留了好一会儿，又回到了底层，接着发现了一个通往地下的楼梯，就走了下去。地下一层空空如也，地下二层是厨房。一束微弱的光透过窗户射进来，我们看到了一张桌子，墙边摆放着一些器皿，中间是已经熄灭了的篝火。他们用的是木柴。篝火周围被直达天花板的方形金属围栏包围着。围栏的下方挂着很多肉肠。墙上覆盖着一层厚厚的油脂和熏黑的烟迹。

我们离开这座塔，又进入了小路穿插形成的三维迷宫里。我们还去了其他几个屋子，里面构造差不多，也都不住人。也许它们的主人在汶川有房子，平时住在那里吧。我们顺着一条小路上坡，爬到了一座山上。这时太阳已经升起来了。接着，我们又来到一群矮矮的、零散的、外形各异的房屋之间。有个房屋的门开了，一个老太太从里面走出来，用微弱、温柔的声音跟我和内纳德说话。埃莉塞走在我们后头，我们只能等她来给我们翻译。老太太一直讲，一直讲，似乎想向我们要什么东西。这时埃莉塞终于赶上了我们，她认真听老太太说话，然后跟我们说："我不知道她在说什么，她说的是另一门语言。"

埃莉塞也问了老太太几句话，老太太摆摆手，似乎在说，她也没明白。

老太太回到屋里，又拿着几条项链走出来。她想让我们买下它们，好像快要哭出来了，埃莉塞心软，我们就全部买了下来。接着我们还跟老太太互换服饰一起拍照，她看上去很高兴。从老太太的家门口望去，逐渐消失在地平线上的村庄、河流和群山被蓝天笼罩，仿佛到了一场梦境中。从她家回到村子的路是新建的，路两侧插着成百上千黄色和红色的旗帜，随风飘扬，非常好看。离开桃坪羌寨之前，我们又经过了游客聚集的地方，在那里看到一些羌族女人为游客表演舞蹈。她们穿着精美的民族服饰，衣服上五颜六色的花形在阳光下闪闪发光。

我问自己，对她们来说，为游客跳舞，究竟让她们感到厌倦还是感恩？厌倦，可能是因为要迎合游客的喜好，换上传统服饰兜售自己民族的独特文化；感恩，可能是因为可以通过展示自己民族的文化来改善生活，送孩子上大学。我想，也许这个答案不是非黑即白，而是两者兼有。我又跟自己说，也许我应该问的是，关于这些女士和她们的丈夫，我还有什么不了解的故事？

🔘 与记忆对话

——— 萝卜寨 ———

——你们还去了另一个村吧？

——是的，同一天去的。内纳德想去，但他没提前告诉我。我们来到一条路的中间，那里只有一条通往山上的窄窄的土石路。

——那个村在山上？

——是的，我们只能走那条上山路。我跟他们说，我们步行上山吧，但埃莉塞说，可能要走六个小时，于是我们就在原地等上山的车。两个小时后，终于来了一辆装满沙子的卡车。卡车司机愿意带我们上山，但车刚开始爬升，速度就慢了下来，几乎动不了。最后我们花了六小时才到了山上。

——你们到的时候，还是白天吗？

——天黑前一会儿到的，天上透出一道银色光芒。那里没有桃坪羌寨里的石塔，也没有水，因为这个村建在山顶，被云和比云飞得更高的鸟围绕着。

——你们在那里做了什么？

——我们在土坯墙之间的小路上穿行。这个村就像个迷宫。墙非常光滑，偶尔会有一扇门，门是红色的，只是蒙上了厚厚的灰尘，门被锁上了，也许是几天前，也可能是很多年前锁上的吧。天空越来越红，红得不真切，渐渐地，一切开始变成黄色，路上没有任何人经过，甚至没

有狗，也没有鸟，我们走在路上，也几乎听不到自己的脚步声。我们就像在做梦，完全忘了自己在那里干什么，今天是星期几，甚至忘了我们是谁。

——那里很荒芜吗？

——我们走了很久的路，在某个路边发现了两个老人，其中一个往上爬，像骡子一样背着蔬菜。我们说了几句话，他就背着自己的东西，像刚刚那辆卡车一样慢悠悠地走远了。后来，我们又好不容易看到三个人。我们沿着另一条路往上爬，看到了一座特别破旧的寺庙。寺庙似乎已经废弃，里面有三四个雕像东倒西歪地放着，浑身是灰。最大的一个雕像前，放着几炷早已烧完的香。在这里，可以看到地震留下的痕迹。我能想象，一场大地震摇晃着山顶，山上所有的建筑坠落到山下。这里的荒凉让我感到恐惧。我们从那里下山，慢慢看到其他一些倒塌的房屋，墙面上裂着缝，有的房子整个变成了一片废墟。这都是 2008 年的那场地震造成的。那里看不到穿着民族服饰的孩子和女人，只能偶尔看到几个老人，还有一条被拴着的狗从废弃的房子里冲着我们叫喊，不知是向我们挑衅，还是乞求我们解救它。尘土中，有一股消亡的味道。

10 乌鲁木齐

旅行的核心是将自己沉浸到未知的世界里去。未知的世界意味着不可测,迫使旅行者直面挑战,突破神秘。对于欧洲而言,从中世纪以来,中国就充满了未知,而对我这次旅行而言,中国最未知的地方就是新疆维吾尔自治区的首府乌鲁木齐。我一直很想去乌鲁木齐。到了那里,我才明白,西方人了解中国最好的办法,是把它想象成好几个地区的集合。想象一下,罗马帝国延续到如今会是什么样。新疆既属于中国,又仿佛来自另一个星球。

"新疆"这个名字源自清代,意为"新的疆域",新疆其实并不"新"。新疆位于丝绸之路的西段,早在公元前,就有汉人在那里生活。到了公元前60年,西汉王朝在那里建立"西域都护府",这一管辖机构延续了数个世纪。在

历史上,这里是兵家必争之地。中原农耕政权在跟草原游牧政权的冲突与斡旋中,曾多次失去又收复新疆的全部或部分土地。

新疆是中国的一个自治区,它广袤的土地上蕴藏丰富的石油和天然气。新疆的石油、天然气储量比南非还大,是西班牙的三倍,如果把新疆当作一个单独的经济体来比较,它的石油、天然气储量排在世界第 20 名。

让我最感兴趣的是,新疆地区最早的人类是如何在时间浪潮中涌现并与其他民族融合的。新疆是中国境内面积最大的一片土地,历史的变迁、丝绸之路,以及与俄罗斯、蒙古、哈萨克斯坦、吉尔吉斯斯坦、塔吉克斯坦、巴基斯坦和阿富汗等国毗邻的地理位置,使新疆成为一个多民族活动的地方,现在有 55 个民族的人居住在那里,超过 45% 的人口属于维吾尔族。

🔘 与记忆对话

―――――― 在地图上画十字 ――――――

――为什么你强调这是一次乌鲁木齐之行,而不是中国之行?

――因为之前别人给我介绍那里的时候,就说那里在中国边陲,远离其腹地。

――那为什么在中国那么多偏远的地方中,偏偏选择乌鲁木齐?

――我觉得,那里是大家印象里中国最偏远的地方。另外,新疆位于亚欧大陆腹地,我对那里也很有兴趣,那里曾是丝绸之路上的重镇。

――你说了好几个理由。

――另外,我对边境地区的大城市很感兴趣。乌鲁木齐就是人类历史上最重要的边境城市之一,汇聚了来自世界各地的人们。而那些财富就是在沙漠中聚集起来的。

——在乌鲁木齐，还能看到金发深目的中国人吧。

——这是非常吸引我的一方面。我的侄子加斯东就是个金发深目的"中国人"，我的女儿伊琳娜也一样。我 14 岁时，在恩特雷里奥斯郊区的一个贫穷村子里见过德国雅利安人，他们的头发几乎是白色的，满脸鼻涕，在冬天泥泞的地上赤脚走路。这种反差一直让我很受触动，因为在阿根廷，大部分穷人都是皮肤黝黑的人。后来我发现几张中国人的照片，完全是中国人长相，但双目深邃，头发偏红，他们是新疆人。这让我觉得，新疆是个神奇的地方。曾有人告诉我："那些金发深目的中国人是少数民族，来自乌鲁木齐。"于是我就在心里记下了乌鲁木齐这个名字，在中国地图上给"乌鲁木齐"画了一个十字。

——十字，意味着未知。

——人无法一直活在未知之中，人应该努力去解开未知。

📋 棕色笔记本

—— 新疆首府 ——

这篇笔记很长，内容是关于我对人类相貌的思考。我到乌鲁木齐后，尤其受到启发。我的想法是，新疆位于亚欧大陆，应该会有各种集合亚欧人和美洲人相貌的人，我对这类故事，比对官方科学研究更感兴趣。

从成都到乌鲁木齐的飞机上，我惊讶地发现，身边全是汉族人。我以为会看到很多维吾尔族人，但其实只看到了一对维吾尔族母子，儿子跟我年纪一般大。

我提到"人类相貌"这个话题，不是要跟人类学领域的专家辩论，

而是因为，我认为这是一个反映中国社会、政治和经济结构的话题，也是一个关于国家的话题。在中国社会分类体系中，民族问题至关重要。中国政府说，大约 90% 的中国人是汉族人。在中华人民共和国成立之初，政府就非常重视少数民族。邓小平推动改革开放后，带领中国融入世界，少数民族作为中国文化多样性的体现，更受政府的重视。

　　中国有 56 个民族，政府认为少数民族的生活条件不如汉族，决定对少数民族采取一系列优惠政策，例如对他们放宽生育政策，为他们上大学提供便利，还为他们提供多项补助等。

　　"你怎么知道一个人是不是维吾尔族人？"我问我的房东阿里，他是维吾尔族人。他指着自己的脸，作为回答。我之前也问过阿莉萨同样的问题——怎么区分一个人是不是汉族人，她也是指着自己的脸。看来大家都以相貌区分民族。

　　据统计，当时新疆人口约 2200 万，超过三分之一的人是汉族人，少数民族以维吾尔族、哈萨克族、回族、蒙古族、吉尔吉斯族、塔吉克族、锡伯族、乌孜别克族、满族、达斡尔族、塔塔尔族、俄罗斯族为主。

到机场接我的先生姓詹，是汉族人，而我住的那家的主人叫阿里，是维吾尔族人。

我在乌鲁木齐的街上观察，一部分人长得像汉族人，西亚和中亚地区长相的人少一些，还有相当大部分的人的长相介于两者之间，这是几个世纪以来民族融合的结果吧。在多民族融合之下，出现了金发深目的中国人，或肤色略微偏红，或眼睛发绿，或长着卷曲、毛茸茸、偏红色的头发，或长着高挺的鼻子，或眉毛浓密的中国人。

这些中国男人和女人的眼神不太一样，更具表现力，也更活泼，不那么沉静。他们走路的方式也不同，肢体表达更丰富。

与记忆对话

——— 给詹妮爸爸的信 ———

——谁是詹先生？他为什么去找你？

——他是我朋友詹妮的爸爸。詹妮是个年轻姑娘，在布宜诺斯艾利斯学西班牙语。在去中国之前，我向我的中国朋友们提议给自己父母写一封信，我到中国时帮他们转交，而他们老家也是我规划中国之行时的考虑因素。美丽的詹妮是阿根廷人熟悉的几张中国面孔之一，她经常参加华人社团举办的春节活动或其他演出。

——孩子们给父母写信。

——他们从来没给自己父母在纸上写过信！这些年轻人习惯跟父母用手机交流。他们一下子不知道该写些什么。詹妮跟我说："我刚跟我爸妈聊了一小时电话，我还能写些什么呢？"总之我还是把她的信交给了她爸爸。她爸爸特意在半夜到机场来接我，又开车去接了阿里，然后请我俩吃了晚饭。

——阿里是谁？

——卡米洛·埃斯特拉达·冈萨雷斯的朋友。我跟你说了，卡米洛给我介绍了好几个人。他自己去新疆旅游时认识的阿里，他在给我规划行程时，就问了阿里能否接待我。

——你不累吗？

——我到乌鲁木齐的时候很疲惫。第二天一直没出门，一整天都待在阿里跟阿卜杜勒和加利普合租的房子里写东西。

棕色笔记本

—— 别致的餐饮文化 ——

我从机场出来，坐上车，看着公路旁和高楼上闪烁的五颜六色的灯光，感觉整座城市都布满了发光的广告牌。

我到乌鲁木齐那天晚上，詹妮的爸爸就请我吃晚饭。在房东阿里的建议下，我们去了一家维吾尔餐厅。

那家餐厅非常大，詹先生点了一些中国菜，

但里面还包括一份烤羊排，看着非常美味，但很难用筷子夹。我们看詹先生用手吃，就学他。他还给我们点了一壶薄荷茶，玻璃水壶下还有个玻璃器皿，里面放着蜡烛，给茶慢慢加热，旁边还有一小罐蜂蜜。

中亚地区的伊斯兰文化在餐厅里留下了清晰的烙印——奢华、复古精致的美学装饰。

我想，在全中国都能看到维吾尔小贩在街上卖颜色深浅不一的葡萄干吧。在新疆的集市上，各种葡萄干扑面而来，估计这些葡萄干之后会被运往全国各地。

—— 家庭纽带 ——

也许我的内心有一种渴望，想来找寻某样东西。

释疑。

瞬间变化，无法解释。

我在去乌鲁木齐的飞机上，肚子疼得厉害。我用自己温暖的手放在肚子上，疼痛立刻缓解了。我每次肚子疼，这招都管用，但我又总忘记，等我想起来照做，又惊讶于缓解之快。也许在我婴儿时，妈妈就是用她的手帮我捂肚子的。我还记得有张照片，那时我刚出生不久，妈妈把我抱在怀里。当时她才 21 岁，自己还是个小孩。照片里的婴儿望着她，她也望着他，脸庞像天使一样，看起来那么幸福。或许此后，她再也没觉得人生那么完整过。她看上去是那么自豪、充满爱意。

我有时会很残忍地想，我生命中最难以承受的——有时我也不知道它什么时候会过去——就是那张照片上我们的眼神碰撞。

等飞机降落，人们都开始焦躁不安，想往外面飞奔时，我突然有种非常强烈的感觉，觉得自己跟妈妈和解了。我后悔自己去重症监护室看望她时，没能给她一个拥抱。那时她已经那么小，蜷缩在病床上，用她的大眼睛望着我。那一刻，我们之间还有许多心结没有解开，但现在，在乌鲁木齐，我释然了。

　　此外，这趟旅行也使我爸爸终于摆脱心理束缚，将他对我的爱表达了出来。我们养成了早晚互发语音信息的习惯，他每天都想知道我在干什么。刚开始几天，他想知道我走过的每一步，我看到了什么，我跟谁在一起，我在哪里睡觉，我吃了什么。他妻子爱丽丝陪着他一起关心我。其实，正是爱丽丝给我们在微信上建了个群，让我分享旅行时的照片。

　　我和女儿伊琳娜也取得了和解。旅行前，伊琳娜放下了过去的叛逆，开始向我表达爱意。在这三种关系中——我和母亲、父亲、女儿——父女关系结合了其他两者，是最能证明我生活意义的纽带。

　　我在新疆这片土地上，产生了这些感受，可能也因为，这片土地上的人懂得如何爱家人，并且懂得如何去表达自己的爱。

　　我想起《鲁滨孙漂流记》中的一个片段：星期五在不知道对方是他父亲的情况下，从敌人手中救下了他。作者描述他们父子俩拥抱、亲吻、说话的那一刻，也说出了我想说的话："星期五过来听他说话，看着他的脸，亲吻他，拥抱他，将他紧紧搂在怀里，大哭大笑，大喊大叫，松开他，跳舞，唱歌。然后又开始大哭大号，扭自己的手，打自己的头，大声高唱，乱跳狂舞，任何人看了都会动容。过了好一会儿，我才打断他，让他告诉我怎么回事，等他终于恢复了些理智，他告诉我，那是他父亲。"

　　穆斯林相信偶然，认为事情的发生都是真主安拉的旨意，我觉得自己跟他们很像。

社交分享

安妮塔·伍：我一直看着手机等你信息呢。你写的东西，我都读给妈咪听了。

玛塞拉·费尔南德斯·维达尔：你回来之后得写本书。

巴布罗·马科夫斯基：你定位的地方，我用维基百科查了下，说：43° 40′ 52″ N、87° 19′ 52″ E，位于乌鲁木齐市中心西南方的乌鲁木齐县，于 1992 年被当地地理专家命名为"亚洲大陆地理中心"，并在当地竖起纪念碑，现已建成观光区。乌鲁木齐是世界上距离海洋最远的城市，距离最近的海洋有 2500 公里，被列入吉尼斯世界纪录大全。

洛蕾莱·丽塔："维基百科"说，"乌鲁木齐"在蒙古语里的意思是"美丽的草原"。

巴布罗·马科夫斯基：中亚美丽的草原。我们得让古斯塔沃找棵树，用他的瑞士军刀在上面刻"伍到此一游"，怎么样？

古斯塔沃·伍：我会把我们所有人名字都刻在上面的。

 棕色笔记本

——— 相貌（一）———

我身体里住着一个小"隆布罗索"，喜欢观察人的相貌体态，区分人们的异同，分析它们之间的关系。人与人有什么不同？为什么不同？有哪些不同？这些差异如何影响他们？社会又是如何制造、处理这些差异的？

我身体里还住着一个小"保罗·乌切洛"，喜欢把差异减少到有限的几个特征中。

我观察人时，总会情不自禁地去分析他的个人特征、社会特征、相貌特征，然后开始秘密地研究他的整体外形，尝试解读其中的原因。

——— 阿里 ———

维吾尔青年阿里 23 岁，做事不紧不慢、深思熟虑，做决定时像山

一样坚定。

要是在阿根廷，他看上去得有 37 岁、46 岁甚至 53 岁。

阿里的父母在喀什自家农田里种棉花。"但这里的农田不像美洲的那么大，我父母的田很小。"他说。

他父母给予他一些"优

势"，比如他是少数民族，加上自己一些良好品质，上中学时就去了遥远的广州，后来在珠海的中山大学读化学专业。不过，他现在在一家互联网销售公司工作，跟他大学所学的专业几乎没关系。

"找到一份好工作不容易。"他感叹，"我大学毕业时，有个在喀什当公务员的机会，但我们有宗教信仰，有些饮食习惯让我们不太容易跟同事或上级融到一起。"

阿里在做自己的人生规划。"我很焦虑，不知道该做什么，我经常想这个问题。我必须做好规划，因为我马上就要 30 岁了，如果没规划好，我将来会成为一个失败者。"

"那么你喜欢做什么？"

"我想过安稳的生活。"

"在农村？"

"农村或城市都可以。我想要的就是安静和稳定。"

接着，他又说："我还会考虑到我父母，我要怎么才能安排好他们？他们年纪大了，在乌鲁木齐谁也不认识，如果我把他们带到这里，可能就会跟上次他们来时一样——他们上次待了一个礼拜，每天都关在家里，不知道做什么。你能想象他们完全搬到这里来生活吗？"

"他们会不会希望你回乡下，帮他们一起干活？"

"他们完全不想。他们会说，你在外面闯荡了那么多年，为什么要回来，还要浪费你接受过的教育？"

"你有兄弟姐妹吗？"

"有两个妹妹，一个在上大学，另一个已经是两个孩子的母亲了，前不久刚高中毕业。"

"你呢？你准备结婚吗？"

"我工作很忙，每天从早到晚，几乎没时间休息，也就没什么机会认识女孩了。"

"你也不会跟不是穆斯林的女孩结婚，是吗？"

"我父母不会同意的。我自己也不想。那会是什么样？我可能不能继续遵守伊斯兰教规了。"

"你父母会帮你选择女孩吗？"

"如果他们跟我说'跟这个女孩结婚'，我会跟她结婚的。但他们不会那么做。如果我有女朋友，我会带给他们看，如果他们不同意，我也不会跟这女孩结婚。"

阿里问我晚饭想吃汉餐还是清真菜，我说我想去维吾尔人爱去的餐厅。那天晚上，我吃到了羊腿、羊蹄、一碗面和很多种羊肉。可能对西方人来说，亚洲人吃东西比较"野性"。

去中国前，我决定要尝尝任何稀奇古怪的食物，不过也没特地找。在那次晚餐中，我尝到了羊蹄筋，那几乎到达了我的忍受极限。

🔅 与记忆对话

—— 重要的话 ——

——我对阿里来说完全是个陌生人，但他对我那么慷慨，我心存感恩。他非常努力地跟我讲英文，毫无保留地为我敞开自己家门，让我睡

在他房间，而他自己不知道
睡到了哪里。他告诉我，有
样东西非常重要，我一定要
学会。他跟我说的时候，就跟间谍传达一条至关重要的信息一样。

——他说了什么？

——他跟我说："你一定要学会两句话，这样你就能在新疆畅通无阻，要是不记得这两句话，就会在这里寸步难行。你一定要反复记住'As-salamu alaikum'这句话。"我问他这句话什么意思。他回答，意思是"祝你平安"，可以用来问候，而听到的人会回答"Wa-alaikum as-salam"，意思是"平安与你同在"。

——你还跟其他人一起住，是吗？

——是的，还有加利普和阿卜杜勒。他们三人一起做饭，分工明确，手法专业。我跟他们说，他们每个人都可以在世界上任何地方开家餐厅，他们听了哈哈大笑。每次我们一起吃饭，他们总担心我吃不好。

棕色笔记本

——— 相貌（二）———

我心里仍在想，汉族跟新疆各少数民族在一起，与其说是融合，不如说是不同族群结合后分布在了亚欧大陆。

11 | 喀什

　　想象一下，过往时代在中国辽阔疆土上逐渐展开，中国就像一座记录下所有历史的庞大博物馆。我决定去喀什看看。喀什在新疆维吾尔自治区边境，靠近吉尔吉斯斯坦，离德黑兰比离北京更近。我去那里，想寻找维吾尔族的根。

　　我认为，维吾尔族的相貌集中体现出世界融合的神奇魔力。他们是中国人，相貌却和东部地区的人明显不同。

　　学术界普遍认为，生活在中国西北部的维吾尔族是如今蒙古、伊朗

和其他西方国家多个族群的融合。这些人曾建立回鹘汗国，版图从里海到现今的黑龙江附近，统治了近一个世纪（公元8—9世纪）。早期，他们之中有摩尼教徒、佛教徒、基督

教聂斯托利派教徒，从回鹘时期起，他们开始信奉伊斯兰教，他们的司法、经济和教育体系也受到深刻影响。新疆现在有超过 1.5 万座清真寺。另外，维吾尔族拥有自己的语言，属于阿尔泰语系突厥语族，书写的文字是阿拉伯文的一种变体。

在喀什，将近 90% 的人口是维吾尔族，他们穿戴着跟五个世纪前一模一样的服饰，骑骆驼和驴行路，也用它们运输。工匠们用的是一千年前的工具和技术，他们做食物、修鞋、坐在茶馆里聊国家大事、制作乐器等，所有这些似乎也有千年历史了。

我脑子里一直想着丝绸之路——1273 年，马可·波罗就是通过丝绸之路来到喀什的。而我之所以还会想起这件事，是因为我看到，这里依然有很多珠宝店卖黄金、玉器，还有些商店卖着 300 年前在阿富汗，或 200 年前在河南生产的地毯。在这里，我还见识了世界上最大的集市，集市上，可以买的东西大到意大利鞋，小到制作药品的晒干的蜥蜴，还有电话、人体模型、西瓜、毯子、羊头、冰箱、压力计，等等。

在这里看到的所有一切，都在变成旅游景点。许多从遥远的中国东部来的游客，就是想亲眼看见几个世纪来历史交织、亚洲与欧洲交融留下的痕迹。亚洲与欧洲，也是我的两个根。

棕色笔记本

—— 再谈相貌 ——

我在喀什好好研究了下相貌问题。我的眼睛会在每个人身上停留 10 分钟，不是在一些人，而是在每个人身上。我一到这里，就去了一个周日集市，看到成千上万的人在那里买东西。我觉得自己好像常年生

活在沙漠里，突然来到一片池塘，里面的水那么新鲜。我竟不知该怎么办，只能像傻子一样不停地拍照。接着，我放下相机，用眼睛观看，因为我告诉自己，眼睛能捕捉到更多细节，而且我也懒得反复掏相机了。

首先，我告诉自己，他们的外形在中国人中并不常见，但他们也是中国人。接着，我发现，这里许多女人都长得很像我的表妹阿莉西亚。然后，我在他们之中看到了我外祖父埃米利奥的身影，还看到了马科斯·马吉、马塞洛·苏亚雷斯、达尼·哈约，还有我阿姨蒂塔。他们并不是长得一模一样，但越看越像。当我发现一个女人长得像苏珊娜·费尔南德斯，我就会看到更多长得像她的女人。我似乎有一项特异功能：能发现我认识的人跟我现在看到的人之间的共同之处。

最后，我发现一个老人，长得很像我祖父伍耀高，接着，又看到一个人长得跟我一样。太奇妙了！我开始看到越来越多的老人，长得跟我一模一样，只是个子高点、身材瘦点、长得更好看一点，但真的和我长得一样。我在这里已经待了四个小时，拍了好多张照片。

简直难以置信。

他们看上去都超过了 70 岁，但我们长得很像，真的很像。

社交分享

古斯塔沃·伍：我在喀什。

玛塞拉·费尔南德斯·维达尔：看来你在跟朋友品乌龙茶。

安赫莱斯·阿斯卡苏比：喀什是地球上最古老的地方之一，像佩特拉、和田、撒马尔罕这些在丝绸之路上的地方一样古老。

巴布罗·马科夫斯基：听说那里商品丰富，记着给自己买顶当地的帽子啊。

古斯塔沃·伍：喀什是个神奇的地方，我的脑子不足以记录下我看到、闻到、品味到的所有事物。这里所有的一切都包含着两三千年的历史。每件事都能让我停下来几个小时观察。

安赫莱斯·阿斯卡苏比：把这些写下来。

卡米洛·桑切斯：你不只是在旅途中，你正在经历一段历史，旅途只是其中一部分。这才是你的魔力，"中国人"！

古斯塔沃·伍：我白天游历，晚上写作，安赫莱斯。等我回了布宜诺斯艾利斯，有的是时间等死了。我在一个集市上，看到一个有点肥胖的老人，说自己年轻时是个运动员。他戴着帽子、留着穆斯林典型的长胡子，皮肤黝黑，长着深色的眼睛和长长的眉毛。我越看越觉得亲切，甚至心里像火山喷出烟雾一样，进而感到有点恐惧——我越看越觉得，那个老人跟我一模一样，也是宽宽的鹰钩鼻，还有一颗黑痣，脸形也一样。我吓得逃跑了。

玛塞拉·费尔南德斯·维达尔：按照理论家托多洛夫的研究，这是个很奇怪的现象。

古斯塔沃·伍：等我走过了一个街区，我被脑海里某种想法驱使着又走了回去，想找他跟我合个影。我回去的时候身体是发抖的。我问他，能不能跟他合个影，他解释了下，大概是说，他生病了，不想这样跟我拍照。但神奇的是，一会儿，我又发现一个跟我长得很像的老人。我知道，我是对某一类人越看越像。慢慢地，我发现这座距离阿根廷最遥远的城市里有很多老人跟我长得很像。

卡米洛·桑切斯：西尔瓦纳说，我们身体里住着一只鸟。你每天都陪着这只小鸟！！

安赫莱斯·阿斯卡苏比：跟你的影子战斗吧。蚱蜢！！！

> **巴布罗·马科夫斯基**：我看着你在喀什写的文字，太有趣了，可以在那里找到另一个人的附身，是不是也能看到另一个马可·波罗了啊。
>
> **维维安娜·达布尔**：我真想念我的第二故乡！

💡 与记忆对话

——— 表型 ———

——你对这个话题太入迷了！

——许多年来，我一直幻想着，在距今 1.5 万年到 5000 年之间，在中亚地区曾出现各种相貌类型的人。这一现象类似于寒武纪生物大爆发（5.35 亿年前，生物突然大量出现并迅速呈现多样化）。这些不同的相貌类型慢慢渗透到欧洲、亚洲，而在中亚地区，可能还保留着最原始的那些特征。我抱有这些幻想，就像天文学家们一辈子从理论上研究行星的存在，而突然有一天，这颗行星就出现在了望远镜中。

📋 棕色笔记本

——— 吃在喀什 ———

在喀什，到处都是食物。在所有地方——街上、家里、露台上，到处都能看到巨大的烤箱，他们用烤箱做一种类似比萨的面包。所有人都吃这种面包。（注：馕。）

我还看到许多面包店都卖甜味饼干。

随处都可以看到有人在装着火炭的金属长盒上烤串，烤的是羊身上各个部位及鸡肉、牛肉和蔬菜。

阿里的朋友安卡汗在喀什接我，带我去吃晚饭。我们先去夜市逛了一圈，那里有一片美食区，里面有几百个小摊位。我在那里尝了一碗冷面、一份豆糕，接着又吃了一份羊肠。然后我们又去了一家餐厅，吃了烤羊肉串和面条，面条是一个男人站在我们桌子旁像捋羊毛一样现场做的。（注：拉条子。）

喀什街上的水果也非常多。新疆的水果运往中国各地。很多摊上卖石榴汁，石榴在这里很常见。西瓜、甜瓜按份来卖。另外，还有无花果、苹果、大葡萄柚和桃子。

─────── **维克托的照片** ───────

我在阿根廷读了几年中学，那时班里几乎全是男孩。有一个黑黑矮矮的男孩，跳起来像弹簧一样，我们一起打排球，他扣球时可以跟比他高半米的男生跳得一样高，精力和能量惊人。我昨天在旅馆里认识的上海人维克托跟他一样。

维克托朝我走过来，请我吃葡萄，然后就开始聊天。"在上海，在

沿海地区，在中国其他地方，很多人觉得新疆神秘而陌生。我一直很想来。新疆是我在国内唯一没去过的省份。我想，我可以去新疆南部爬山，拥抱大自然。但我妈妈说我体力不行，爬不了山，不让我去。然后我就开始锻炼，每天跑几公里，做很多体能训练，减少饭量。两个月里，我瘦了 11 公斤。我太想来新疆看看了。终于，我来了。我先去南部，去爬山。那里几乎见不到人，但见到的当地人都非常温和、安静、友善。

"回上海时，我要经过乌鲁木齐。我考虑在乌鲁木齐待一到两天。但等我到乌鲁木齐后，就留了下来。我到街上散步，去一些旅游景点，也没遇见什么让我担心的事。后来，我去的地方越来越多，直到走遍了整个乌鲁木齐。大家都对我很好，我也没碰到过什么麻烦。我放下所有警惕，开始特别想深入了解新疆，了解这地方。于是我又到了喀什，这里几乎看不到汉族人，许多都是维吾尔族人。跟在新疆南部一样，我再次感受到当地人的温和、谦虚、亲切。我和他们相处得很自在。

"有时候，我一说话，大家就会回应我，然后一起聊很久。有一天，我带着相机上街，给两个孩子拍了一张照片，我给他们父母看照片，他们非常高兴，然后围上来很多人，也想看照片，有些还请我给他们也拍一张照片，大家都乐呵呵的。于是，我又拍了几张照，他们看了都很喜欢。我心里开始对这些人充满感激，感谢他们对我如此友好，我也想跟他们分享一些我的东西，但分享什么好呢？于是，我开始登门拜访那些我拍过照片的人的家，问他们要了地址，给他们寄去打印出来的照片。后来，我越来越感激，就亲自给他们送照片。每次去，就有很多他们的朋友、家人围过来看，然后特别开心地庆祝。我想，他们似乎不经常拍照，虽然在世界上，那么多人每时每秒都在拿手机拍各种事物，还总自拍。但对他们来说，拍照是件稀奇事。甚至有一次，我拍的一个老人，在我去他家送照片前几天去世了。我给老人拍照时，他想跟孙子一起拍，但小孩不愿意，所以我拍的照片里，老人身旁有个正在逃跑的孙子，那只是偶然的一个瞬间，却是老人给他们家人留下的最后一张照片。我把照片递给老人的儿子，他抱住我，哭了起来。我后悔自己没早来几天，但他儿子表达了很多谢意。他家并不富裕，但他请我坐在一个非常漂亮的铺着白色桌布的桌子前，请我吃水果、羊肉和其他美食。"

维克托停顿了一会儿，似乎在重温那一刻。接着，他说："每次我去送打印出来的照片，很多人都会请我也给他们拍照，我也很乐意。久而久之，我这里留下很多还没来得及送的照片，你愿意陪我去送照片吗？"

我说，当然愿意。他的故事、他的活力，还有维吾尔族人宽厚仁慈的性格，给我留下了深刻印象。

💡 与记忆对话

——— 旅游卖点 ———

——维吾尔族也把他们的文化作为旅游卖点吗？

——是的，我在喀什见过。他们对此既喜欢，又排斥。

——他们不喜欢的点是什么？

——他们有些烦恼。一方面，他们非常好客。热情好客似乎是他们文化的组成部分。另一方面，他们觉得是政府把游客强加给了他们。然而，为了推动当地旅游业发展，政府为他们重建了房屋，使很多家庭受益，另外，旅游业也使他们有机会增加收入。

——那结果呢？

——结果就是，他们欢迎各种游客到来，无论是温和有礼的游客，还是伪装成游客的人——就是那种傲慢无比，带着比一栋房子还贵的巨型相机，说话大吼大叫，随地乱扔垃圾，不经允许就乱碰东西，从不打招呼，也不愿意跟人接触，不懂得尊重人，对待当地人就像看风景一样，对他们也不信任的人。大部分人不知道该怎么办，只是在"厌烦"和"欢迎"之间徘徊。

——那他们对你怎么样？

——我因为对人的相貌非常感兴趣，所以也是个大胆的游客。我一

直盯着当地人看，给他们拍很多照片。我老拿马拉多纳的话题来拉近距离，在我和他们之间建起一座希望之桥。

棕色笔记本

—— 老铁匠 ——

喀什老城区有片区域叫"马托克"集市，其实是一条有许多小铁匠铺的街，这里的人从至少一千年前就开始为士兵做刀剑，也就保留了这样的传统。在那里，我想跟一对父子合影，我跟他们坚持了几分钟，他们勉强同意了，这让我有点不好意思。过了一会儿，在整条街上最小的、大概不到两平方米的铁匠铺里，我看到一位年纪非常大的老人。最老的铁匠在最小的铁匠铺里，在狭小的铺子和人行道之间，一个人干着活。铺子里面老旧不堪、黑乎乎的，而铺子外面的人行道已经改造一新，吸引游客参观。

老人看到我，便冲着我微笑，他那天使一般的表情让我无法抗拒。我用他的语言向他打招呼，他回应了我。我走近他，他拉着我的手，让我坐在一张小板凳上。我坐下来，静静地看他工作。他的手颤颤发抖，但依然能感觉到他要掌控铁器的那种意志。

就这样，过了很久，他干着活，我在人行道上看着他。接着，他进到铺子里面，我看他行动有些费劲，就想帮他。他停了一会儿，给我展示自己正在做的一把刀。

我送给他一些糖果点心，我知道，那里的人喜爱这些。

走之前，我想请别人给我俩照一张相，老人十分愿意。拍完照，我给他看照片，他的表情突然有些僵硬。他的目光从相机转移到我的衬衣上，用僵直而有些扭曲的手指指着上面印着的瓜达卢佩圣母像怒气冲冲地让我离开，说不希望我在他那里。

社交分享

古斯塔沃·伍：看着烟花放啊放，你会问自己，这样的绚烂会持续多久？昨天，我整整一天就是那种感觉，关于跟当地人相处，我都不知道从何说起了。

巴布罗·马科夫斯基：你快要变成穆斯林了，那里的人是不是就像《一千零一夜》里的那样？

古斯塔沃·伍：他们是我这辈子见过的所有人当中让我最感兴趣的一些人，也因为这样，他们是我眼中最美好的一些人。最重要的是，每当我靠近他们，他们就会马上宰羊做饭，好像要跟一个来自远方的朋友团聚庆祝。

棕色笔记本

—— 许多听说 ——

在青旅里就是这样，住了几天之后，人们开始靠近你、跟你说话。在这里，起初大家没怎么注意我，不过昨天，我交到了几个朋友。

好几个人靠近我，直接用英文问我："你是哪里人？"

我说，我到中国寻根，另外在观察、记录，为杂志、报纸撰稿，同时也在写一本书，他们听了很感兴趣。

其中有个年轻人，姓丁，刚从大学外贸专业毕业，正在毕业旅行。他非常友善，虽然英文不太流利，但他努力跟我用英文交流，想了解

我、了解阿根廷，也非常乐意回答我的提问。

我们聊到这里的治安情况。我问他，在这里会不会感到害怕。

他说不会，维吾尔族人对他非常友好。只有个别人收了钱，做了极端的事情，但主要还是因为贫穷。我说，在所有社会中，贫穷都会引发暴力。

🗨 与记忆对话

—— 在中国奇迹的中心 ——

——你描述的喀什非常生动，但你漏了最重要的事。

——比如？

——喀什是你停留最久的地方。为什么在那里待这么长时间？

——因为那里是另一个世界。

——你想表达什么意思？你一直在说："这是另一个世界。"

——是的，但喀什是另一个世界里的另一个世界。

——为什么？

——在那里，可以非常清晰地感受到，中国拥有"世界上最古老的文化"。

——为什么说"感受到"？

——因为所有的文化都是"同龄"的，因为人类文化是一体，只有一个年龄。怎么能把它分开？怎么能判断某种文化的诞生时间？如果某个人按照自己的标准判断，另一个人按照另一种标准判断，那这种争论就没法达成共识，也就没法承认某种文化是"世界上最古老的文化"。

——你是否认，世界上存在不同文化？

——显然，不同文化是存在的，但是如何切割文化呢？虽然不同文化有自己的特性，但也有许多共性。怎么能生硬地说"某某文化在这里诞生，某某文化从那里开始"呢？人们出于各种目的切割某种文化，可能是为了建立一个民族、某种文化认同。

——当我们说中国文化的"年龄"时，其实说的是它的延续性。好几十个世纪前，埃及人、玛雅人、巴比伦人也曾拥有令人钦佩的文明，但它们走向了衰落，而中华文明却没有中断。我们要理解中国，就要努力去理解，如果罗马帝国没有沦陷，将会是什么样子。因为假如罗马帝国持续到现在，可能就像如今的中国。

——很好，但你得承认，这是基于"伟大文明"的思想产生的观点。什么是"伟大的文明"呢？这个思想曾在西方的某些时刻出现，很可能是为了显示欧洲人用鲜血和战火建立帝国的伟大精神。那其他文化呢？从布须曼文化到安第斯文化，从西伯利亚文化到北美大草原上的文化，它们也都拥有完美的延续性，为什么我们不认为它们是伟大文明，难道因为它们没有留下巨大的建筑工程？我们是否知道，一些居住在澳大利亚沙漠中的民族也建设了同样庞大的工程，不是建筑工程，而是谱系工程？我们是否知道，波利尼西亚人建造了庞大的海流管理体系？如今墨西哥的土地上，曾有前哥伦布时期的民族在精神药物研究上颇有建树，但我们在课本上学过这么重要的知识吗？

——好吧，但你想表达的是什么？

——我想说，我不知道中国文化是不是比其他文化更"古老"，但中国文化确实具有独特性，将中国文化垂直切开，可以看到中国历史的各个层面。为此，每个历史发展阶段都保持着鲜活的状态，令人惊叹不已。时间在中华民族的历史空间中铺展开。我的旅行跨越空间，同时仿佛有一台时光机带我穿越了好几个世纪。时空鲜活地展现在你面前，你吃得到数个世纪传承下来的食物，看得到数个世纪保留下来的文字，穿的衣服、睡的床、买来的各种器具，都带有数个世纪的烙印。最让我着迷的是人的相貌，特别是在喀什看到的人的相貌。所以，我为什么要在喀什停留那么多天？因为在那里，我把自己沉浸在各种奇景中。仿佛在喀什，你可以看到全人类。

——明白了。

——政府帮助民众重建家园，使百姓受益。一方面，政府建了许多高楼，在喀什，和在中国其他地方一样，成片高楼像雨后春笋一般建成。另一方面，政府还重修了很多老社区，比较忠实地对照传统城市和建筑特点，同时还加入了现代化服务。从主要街道穿到小巷子和公共院子里，总能看到孩子们在玩耍、女人们在劳动。房屋外层用砖坯砌成，保持着古老的外形，很多人花了许多功夫把原始的房门保留了下来。

——那些门是你在"棕色笔记本"里提到的铁匠打的吗？

——那些门是木头加金属做成的，我想，金属的部分是铁匠们做的吧。

——那里有其他手工艺人吗？

——喀什就是一座手工艺人的城市。喀什是古丝绸之路的门户，现在又是新丝绸之路上的重要城市，不过，喀什一直以来都在古丝绸之路上的时光里流淌。古丝绸之路的年代，人们在那里交易什么工业化产品呢？没有，因为当时的世界还未出现工业革命。人们从各地运来、交易、消耗、储存的都是手工艺品。在这座城市里，依然可以找到仿佛只存在于传说中的古老地毯，那是18世纪的阿富汗、尼泊尔、也门地毯，你大概要感叹，这些地毯恐怕会自己飞起来吧。在那里还能找到许多零散的小珠宝店，因为人们愿意将钱花在黄金首饰上，另外还有一些像购物中心那么大的珠宝店，专门卖玉器。大部分玉器都是手工制作的。还有农业，主要是种植水果，靠手工；生产面包——到处都能看到烤箱里烘烤——靠手工；街上常能看到补鞋匠；药学也靠手工，蟋蟀、蛇，还有其他很多成分组成的药品，在集市上常能看到。另有一片区域，都是铁匠铺，还有专门卖手工制作乐器的区域，还有地方专门卖手工制作的帽子、水壶、锅等各种器具，以及铜质的厨房用具。西瓜、建筑材料、动物、乘客……什么都靠摩托车运输。这是一个连贯的世界，人们需要什么就制作什么，他们生活并不富裕，只略高于贫困线，比他们的父母和祖先生活得好一些。他们穿戴相似的服饰，留着一样的胡须，用同样的方式遮盖头部，养育许多孩子，他们骑骆驼，去古老的清真寺里做礼拜。

社交分享

古斯塔沃·伍：我在中国的一家青旅醒来。青旅里住了大约50个中国年轻人，一对骑自行车旅行的俄罗斯夫妇，还有一个以色列人。对于我，他们不确定我是马来西亚人、菲律宾人，还是其他什么人，主要是我身上还穿着一件印着瓜达卢佩圣母像的衣服。青旅还带有些日式风格。几个世纪以来，中国都是相对闭塞的，外界对它所知甚少。但从 20 世纪 70 年代末改革开放后,中国逐步开放,向西方推介自我,中国人也开始学习西方语言,了解西方文化。"青旅"本身就是来自西方的概念。旅馆里,自行车轮胎作为装饰品,营造出一种年轻骑行者部落的效果,墙上还有些不完整的画,目的是邀请叛逆的年轻人涂鸦,指示牌也做得十分可爱。这个青旅所在的地方是一个没怎么修复好的老房子。住在青旅里的年轻人也跟西方青旅里的年轻人一样:友好,一起决定做一件事,分享成果,谈论各自的旅行。

安赫莱斯·阿斯卡苏比:这就是全球化。我们都越来越像,变得一模一样。

古斯塔沃·伍:是的,这就是全球化。从某种层面上说,全球化的出发点是悲观的。这个话题引发我许多思考。我觉得自己在一个深不见底的海沟里,看到自己生活在一个与想象中完全不同的星球上。这个星球非常非常大,改变了我们从文艺复兴以来所构想的世界。我们无法想象自己的生活方式会发生多大的变化。但另一方面,又觉得中国本身就像一个完全不同的宇宙。

安赫莱斯·阿斯卡苏比:我认为,中国已经改变了西方人的生活,只是我们还没看出来。

巴布罗·马科夫斯基:那对俄罗斯夫妇真的是骑自行车旅行的吗?沿着丝绸之路骑?我真想去你那儿。

古斯塔沃·伍:我们离俄罗斯不算远。这里说俄语的人比说英语的多。

巴布罗·马科夫斯基:而且喀什很小,只有 25 万人口,维基百科上是这么写的。古老的文化和当地人之间的关系让我很惊讶。我觉得那里就像但丁笔下的佛罗伦萨,只是在另一个星球上。

玛丽拉·曼西亚特拉:这次旅行让我产生要"学习"一千年的想法!要改变和拓宽自己的视野!你的文字让我感到一阵晕眩。

棕色笔记本

——— 玩篮球 ———

我们跟维克托一起走在路上，试图找到那些他拍了照却忘了问地址的年轻人，他觉得，肯定能在街上遇到他们。他说得很对。他在路上碰到了一个之前拍过照的对象，然后就拥上来一群人，希望他给他们也拍张照，嘴里喊着他是他们的朋友、兄弟。过了一会儿，还看到有个三岁大的孩子，在玩一个比他自己还大的篮球。球滚到了街上，孩子想跑去抓住它，不知不觉跑到了低速行驶的电瓶车，运着煤炭、西瓜或乘客的摩托车，还有自行车和汽车之间。那个画面真让人揪心，那孩子多么危险。而且，他还跑丢了自己的一只鞋子，又开始去找鞋子，穿上了鞋，又继续追球，旁边的车都在纷纷避让。

维克托习惯了这样的情景，只是在路边等孩子回来。他手里有一张照片，照片上是这个孩子跟另一个比他大一点的孩子。这个大一点的孩子在路边，等小孩把球追回来，然后继续玩耍。

等追球的孩子像抱着衣柜一样抱着篮球跑回来，维克托给他看之前给他拍的照片。照片里可以看出来，这两个"男孩"是长头发——其实是两个女孩子，留着漂亮的长发。靠近一看，她们就是女孩，眼睛又大又好看。在这里，男孩女孩剃短头发都不奇怪。维克托示意她们拿着照片，摆出照片里的同样姿势，她们马上明白了，像专业模特等着被画像一样摆出姿势。拍完照，她们又接着玩篮球。

——— 夜市 ———

我和姓丁的青年讨论了一会儿关于当地人的话题，他邀请我去夜市。白天，那片市场看上去很小，但到了晚上，那里到处是小摊，卖着你能想到或想不到的食物。有的摊贩像杂耍演员一样在你面前"表演"抻面条，有的在你吃炸鱼的时候想给你吃别的，有的在摊桌上放着用羊肉做的各类香肠，堆得像座山，顶上还放着两只刚切的羊蹄，还有的专门卖羊肉饭或牛肉。

——— 难题 ———

我们和丁谈论叙利亚、阿富汗难民涌向欧洲的话题。他向我描述了一些细节，说正在发生的一切只会导致情况恶化。

市场经济是西方强国的政治基础。显然，今天的世界比19世纪初人们开始反对资本主义市场经济的时候要糟糕。然而现在关于这个话题的讨论似乎早已结束，一代又一代的人已经理所当然地接受了这一现实。

我现在在喀什，维吾尔族传统文化的堡垒。这里的人抵制市场经济时代的到来，也许他们知道，市场经济来了，他们的文化就将不复存在。

中央政府希望促进当地发展，提高他们的生活水平。政府修建基础设施，提供社会福利。但当地人似乎牢牢抓住自己的文化根基，对现代化有很顽固的排斥心理。我突然觉得，或许他们看到了欧洲难民危机，看到了非洲的形势，他们完全有理由拒绝市场经济。

当然，这是一个艰难的决定，维持传统的代价是贫穷。一直以来，这里的人都是贫穷的，但他们始终深爱自己的子女。那么怎能拒绝政府为他们的子女提供好的福利呢？哪怕这意味着要步入商业竞争的现代世界。怎能拒绝自己女儿获得大学奖学金的机会？怎能拒绝自己儿子获得一份好工作、成立一个好家庭、抚养几个孩子的机会呢？

政府明智地解决了这一难题，让当地人完全保留他们的生活方式、装扮习俗，他们的孩子还是在街上玩耍，他们的清真寺、食物、骆驼、语言，都以某种方式保留了下来，然后在市场经济的框架里体现出来，从而促进旅游业，带来收入。

当地人似乎接受了这一现实，所以我们看到喀什的老城区变成了旅

游街，他们的帽子变成了旅游纪念品，老人和孩子变成了人们争相拍照的对象。

旧社区也得到了全面修复，保留了旧有的大门和从前的建筑风格和城市布局，但使用的是新材料并提供现代化的服务。

社交分享

古斯塔沃·伍：我弄到了一顶维吾尔帽。卖帽子的维吾尔族人是马拉多纳的球迷（他不喜欢梅西，说梅西是小孩），我跟他有很多相似观点，他给了我特别大的折扣。我们对巴西足球队、美国崩溃论，还有一些游客缺乏道德的行为的看法一样，他可能是为了让我买帽子，我是希望还点价。然后就成交了。

伊琳娜·伍：你故事可真多。你说你碰到了一个和你一模一样的人，我想起小时候你给我讲的一个故事。另外，我想看那个帽子的照片。

古斯塔沃·伍：我父亲跟我说，我可以留在这里生活了，说我看上去跟个"留着那种胡须的"土耳其人差不多——父亲总是借机会就嘲笑我的胡子。这里经常看到警察。我去火车站时，安检非常严格，跟美国人的机场一样。我经过某个人行道时，还看到警察在盘查几个人。警察把我也拦了下来，他们对我是阿根廷人这回事非常感兴趣。"马拉多纳！"我叫道。

伊琳娜·伍：你叫"马拉多纳"，他们什么反应？

古斯塔沃·伍：他们觉得很好玩。

安娜·贝伦·鲁斯：你没碰到什么治安问题吗？

古斯塔沃·伍：没，没，完全没有。

———— 喀什博物馆 ————

我今天去了喀什博物馆。在这里，我要讨论的是维吾尔族关于"祖先"，或者是任何想要保存下来的东西的看法。

根据博物馆介绍，维吾尔族是一个来自蒙古北部、定居在新疆的游牧民族。

介绍展板上说，喀什 92% 的人口是维吾尔族或塔吉克族。

展板上还说，这片土地上曾经发生过多次战争，直到 1759 年，清政府统一南北，建立了管理机构。

据说，这一行为大力推动了当地经济。例如，清政府建立了灌溉系统，大大提高了农业，尤其是水果生产水平。

我观察到，这里的土地非常适合种植水果——这里土壤特别干，阳光充足，像库约和巴塔哥尼亚北部一样。这里人种苹果、葡萄、西瓜、甜瓜、石榴、枣，好像还有香蕉、橘子。

我还看到了土坯房。还有些房子已经用烧砖换掉了大土坯砖。除此之外，房屋风格看起来十分统一。

看了博物馆内的讲解，我也明白了，中国政府决定发展这片土地的初心，不是简单走西方的市场经济道路。

发展这片土地，就要创造文明，这里的文明与丝绸之路相关，于是，政府就在沿途建立路标、驿站、检查站，保障当地的安全。

在这个文明里，维吾尔族和其他人都得到了尊重和帮助。今天，他们作为少数民族受到广泛欢迎。

喀什博物馆里还展现了维吾尔族在宋元时期（公元 960—1368 年）获得的帮助和发展，他们也是在那时期与伊斯兰教产生密切联系的。

社交分享

古斯塔沃·伍：黎明时分，我们和维克托还有一个中国姑娘（她的名字好像叫"贝芭"）一起去看日出。日出没看到，但我教会了我的朋友们一句话："祝你平安"（As-salamu alaikum）。你跟维吾尔人说这句话，他们就会向你敞开心扉。然后，我又陪维克托去送照片。

我跟你们说过这事了吧，大家看到他都会异常开心，还会给他准备一桌丰盛的菜，一桌菜比一个摄影室还值钱。

安赫莱斯·阿斯卡苏比：你去过当地学校吗？学校里教当地语言，还是普通话？

古斯塔沃·伍：我看到过维吾尔族孩子闹哄哄地从学校里跑出来的样子。在这里，到处都能看到小孩子，甚至还有一些已经开始跟父母一起工作了。大多数孩子都调皮好动。他们在街上玩，在无数汽车和摩托车之间穿行。还有些孩子没有父母，或是由其他成年人照顾。他们都很贫穷。我在街边小摊吃饭时，看到一个厨师的女儿，有个男孩拿着气球过来，不让女孩碰气球，男孩妈妈说了他几句，他允许女孩碰了。女孩吻了一下气球，她太喜欢了。这里的小学生都学普通话，但成年人不讲。我还没问清楚，成年人是以前学了、之后忘了，还是以前没学过。亲爱的朋友们，我马上要上火车了，去吐鲁番，火车要开29个小时。我估计火车上没信号。等我到了吐鲁番继续聊。爱你们。

12 | 吐鲁番

吐鲁番是一片疲惫的土地。风携着尘土席卷着这片位于中国新疆心脏地带的沙漠。

这是地球上距离大海最远的地方。这片土地孕育了古丝绸之路上的

人类文明，也记录下了它们之间的冲突。

　　"生土王国"吐鲁番就这样保留了下来。我走在路上，感受到它过往的辉煌荣耀。

社交分享

古斯塔沃·伍：祝你平安（As-salamu alaikum）。我已经到了一个叫吐鲁番的地方，地图上可能叫 Turfán 或 Tulufan，如果地图上能找到的话。这里位于乌鲁木齐东南面大约 150 公里，但还在新疆境内。这里完全是一片沙漠，地面都是石头和比石头还干燥、坚硬的牧草。气候特别干，要是在麻绳上挂湿衣服，挂完最后一件的时候，第一件挂上的已经干了。

巴布罗·马科夫斯基：祝你平安（As-salamu alaikum）。我也从电视剧《国土安全》里学会了这句话。

安娜·贝伦·鲁斯：《克隆人》里也这么问候！

巴布罗·马科夫斯基：昨天我跟周，就是隔一条街那家超市里的中国人说到新疆吐鲁番，他第一反应就是那里真热。

与记忆对话

———— 葡萄园中的宣礼塔 ————

　　——我看到一个很大的葡萄园，大概有好几公顷。

　　——很远？在农村？

　　——不，就在吐鲁番郊外，其实还算在城里，周围有一些房屋。葡萄藤十分弯曲，叶子被尘土覆盖着，要蹲下身才能走进去，进去后感觉树冠遮住了天，成了天花板。工人们就是这样进去采摘葡萄的。我也进去了，还看到了一串串晒干的葡萄干。

——他们酿酒吗？

——不酿酒。可能有新鲜葡萄和葡萄干，但他们不酿葡萄酒。葡萄园里的工人都是穆斯林，他们不能饮酒。不过那里的气候条件非常适合酿酒——干燥、日照充足、一天内温差很大。我也看到了一些酿酒厂，但酿酒似乎不是这里的传统，跟法国、智利、西班牙不同。也许他们也酿酒，像加利福尼亚人一样酿酒来满足国内市场对葡萄酒的需求。我想着这些事，开始跟我朋友瓦尔特·阿尔瓦雷斯和费尔南多·德马尔科联系，他俩正准备在我出生的城市圣尼古拉斯开酿酒厂，在那地方酿酒可不容易。我拍了点照片，发给他们看。

——你怎么去那里的？

——我朝着一座巨大的塔走，这塔是土做的，是维吾尔族的建筑杰作。我从旅馆走过去，大概走了几公里，穿过安安静静的街道，偶尔能看到孩子在玩耍，狗在睡觉，老人从清真寺里走出来。

——整个吐鲁番都是这样吗?

——差不多。这里有一条主干道和一些市场,那里的人多一点,但整个城市非常小。

——塔里有什么?

——这是额敏塔,也叫苏公塔,是苏公塔礼拜寺的宣礼塔。我看介绍说,它建于1777年,系砖木结构,塔身外部砌有15种几何图案,象征海浪、山丘、花朵等。到吐鲁番的游客都会去看这座塔。塔有14个窗口,每扇窗的高度、朝向都不同。塔有44米高,底部直径为10米。建这座塔可能是为了跟远处的天山和火焰山相呼应。在塔的衬托下,感觉新疆晶莹剔透的蓝天在发光。

——为什么叫额敏塔?

——为了纪念维吾尔人额敏和卓,他带领族人跟清军并肩作战,赶走了蒙古准噶尔部,守住了这片土地,维护了大清王朝的统一。

📔 棕色笔记本

——关于语言的个人思考——

"我能理解他们的话,但我跟不上他们的思维。"我的那位塞尔维亚朋友内纳德曾跟我说。这也正是我听中国人说话时的感受。

我有一大串理由来解释为什么我学不好汉语：年纪大，汉语本身很难，我跟父亲关系的牵绊（我总觉得自己不能让他丢脸），还有到现在为止我一直面对的惩罚式的教育方法。

我问过自己好几次关于这次旅行的意义，或许可以帮助我移除我从小培养、长大后不惜代价维持的自认为最好的自我形象。这次旅行像一面镜

子，让我看到，自己是多么无知——不会说汉语，总处在低位，还老犯错。

社交分享

古斯塔沃·伍：火车上度过的吐鲁番之夜跟在青旅差不多。在一个能挤 30 人的大椅子上，我和一个澳大利亚华人、一个中国台湾人和一个以色列人不停地聊天。火车开了 20 多个小时，我终于到了目的地，古丝绸之路在我身后远去。

伊琳娜·伍：火车怎么样？

古斯塔沃·伍：人们在火车上跟在自己家一样，大家照常吃饭、做

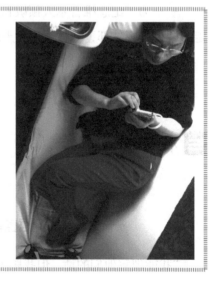

饭，我还看到一个中年女士在盆里洗脚。总有人靠近我，在我旁边发出"嗯？"的声音，指着我写的东西。还有人用英文问我，我来自哪个国家。

伊琳娜·伍：真是个移动的大杂院啊。

安妮塔·伍：你得怎么下火车啊？？？你这旅行绝了！！！

巴布罗·马科夫斯基：我喜欢火车里那种外露的隐私感，还喜欢伊琳娜的说法：移动的大杂院。

——— 哈密瓜田 ———

很多年前，我听过一种说法，说阿根廷和美国很像，都是赶走土著后，形成由移民组成的社会，只不过美国是个"大杂烩"，而阿根廷是个"大熔炉"。在美国，移民们保留着自己的文化世界，而在阿根廷，移民已经跟当地人融合在了一起。所以说，阿根廷人多少都跟天主教徒、巴斯克人、犹太人沾点关系。我和某个哥伦比亚人、法国人或中国人打交道的时候，经常能强烈感受到阿根廷文化根源里的这种特质，也就是说，我会觉得自己信一点天主教，带点巴斯克人、犹太人血统。当我真的跟一个天主教徒、巴斯克人或犹太人在一起时，我会立刻产生一种熟悉的感觉。

我和在旅馆里认识的两个以色列犹太女孩在一起时觉得非常自在。我们一直聊天，一起做饭，去市场上看地毯、观察当地人，在吐鲁番四处游荡，我还带她们去看了额敏塔。有天晚上，我和她俩还有一个日本游客一起去听摇滚音乐会，然后约定第二天一起去郊外看废墟。但后来这两个姑娘改变了主意，于是就剩下我和日本游客一起去了。

我和日本游客很早就出发了，我的状态不是很好，因为两个以色列姑娘临时改变计划，也因为我对这个日本游客印象不太好，有时觉得他像个骗子。我们跟一个司机讨价还价了很久，终于上路了，过了几分钟，车

又停了下来。司机又载上了两个男人，日本游客很生气，用英语向司机叫"什么什么？什么？"，说我们刚谈的条件是只载我们，不带别人，语气不太好。我估计，司机跟他说，我们是租了车，但车还可以载别人。没办法，我们只能接受现实——两个魁梧的维吾尔族人带着大包小包上了车。

由于刚才发生了口角，我们在车上一阵沉默。这时，司机把车开到了一些满是棚屋的小路上。

"我们要去哪里？我们要去哪里？"日本游客问司机，仿佛司机是他手下，司机不回答。我想着我们之间力量悬殊，也不禁紧张起来，这时，司机把车停在了一个维修铺门口。

过了一个小时，我们才重新出发。不出意外，车开了一会儿，又出现了故障，停在了路中间。

不出意外，司机简单维修了下，暂时解决了问题，车又能上路了。

两个维吾尔族人在某个地方下了车。又过了一会儿，司机又把车停在了路中间。车又坏了？不。司机下车，小跑离开了。

"啊？！"日本游客惊慌地喊道。

环顾四周，只看到一片沙漠里，几个农民弯着腰在耕种。

我看着那些匍匐生根的西瓜或哈密瓜，看到我们的司机和两个农民在一起，把哈密瓜装到一个大袋子里。他们聊得热火朝天。日本游客下车，催司机回来开车。我也下了车，走进田地里，朝司机和农民慢慢走去，才看到，这两个农民年纪很大，留着胡须，穿着外套，长得跟我莫名相似。

他们知道我是阿根廷人，也提到了马拉多纳。他们指着哈密瓜，让我拿一个带走，我很感激。我看到日本游客生气地给其他农民拍照。他走到他们跟前，就隔几厘米拍他们，一点也不礼貌，他似乎还觉得理直气壮，因为司机——他们的同族人——做得不对。

这个日本游客真是个让人讨厌的家伙，用照相机来隔开他与他害怕面对的现实之间的距离。当一个人在陌生国度时，照相机可以解决许多问题，就像一个避难所，一个让你远离本地人的平台。

那两个老农民大声叫我，让我帮他们推一下装满哈密瓜、被摩托车牵着的拖车。我们使了好大一把劲，拖车终于动起来，好几个哈密瓜从车上滑下来，砸开了。他们让我随便拿，于是我又拿走两个。

等我回到车里，日本游客已经坐在了里面，司机则把哈密瓜装到后备厢里。那天晚上，我们和中国朋友达里娅一起分享了哈密瓜。达里娅在我住的青旅里工作，喜欢看电影。

社交分享

古斯塔沃·伍：母亲节快乐。

安妮塔·伍：你就在那里过节吧，向中国母亲们问候。

古斯塔沃·伍：我想你们！我想我妈妈！！！

玛丽拉·曼西亚特拉：看吧，跟你说了，太远了！

玛塞拉·费尔南德斯·维达尔：谢谢。你妈妈也一定会想着你的。

棕色笔记本

———— 吐峪沟 ————

我们来到一个名叫"吐峪沟"的小村庄，村里有很多土坯房，还有一座佛教寺庙和一座清真寺。在很长时间内，这里的人一直处于争执、仇恨、冲突之中，如今，他们已能和平相处。

日本游客叫我一起去"打卡"，把该拍照的地方都拍下来，不浪费时间，我表示拒绝。这个地方，安静得像块石头，也令人平静下来。另外，我也不喜欢匆匆忙忙的旅行，生怕错过任何东西，充分算计好花费。所以，我放弃了走马观花，开始坐下来画画。

我画着画，身边出现了三个维吾尔族人。刚才，我未经允许想进清

真寺看看，他们把我拦了下来。这会儿，他们盯着我的画看了很久，互相之间说着话。最后，他们热情地跟我打了个招呼，走了。留下我一个人，静静地继续画。

社交分享

古斯塔沃·伍：当地人在 9 世纪皈依伊斯兰教，当时是唐代末期。到了宋元时期，当地经济发达，几任皇帝在这里建设灌溉系统，把这里变成了一片富饶的土地。

洛蕾莱·丽塔：我给我们家旁边超市的中国老板看了你发给我的照片，我们还聊了会儿。

巴布罗·马科夫斯基：我家这边中国超市的周老板本来没什么兴趣，但今天他用汉语说"维吾尔"了。他说不定还跟我说了"祝你平安"（As-salamu alaikum）。

洛蕾莱·丽塔：我家旁边中国超市的人看了照片很兴奋，还跟我说："这些都是少数民族。中国有 56 个民族呢。"

古斯塔沃·伍：周是哪里人？

巴布罗·马科夫斯基：他跟我说了，但我没太明白。我只听懂了，他是南方人，老家在香港附近。

洛蕾莱·丽塔：我这里的中国超市的人是台湾人。

古斯塔沃·伍：香港对面就是广东，是我爸爸的老家。台湾对面是福建，阿根廷的华人中有 90% 都来自福建。

巴布罗·马科夫斯基：就是福建，我们这位周说的应该就是福建。

——— 自以为是的旅行者 ———

我正在走古丝绸之路。古丝绸之路是历史上人类文明交流的重要陆路通道。在古丝绸之路沿途城市的旅馆里，住着真正的行路人。

这里有骑自行车旅行的欧洲人，从东海岸过来的最勇敢的中国人。还有一些自以为是的旅行者，他们都是狡猾、专注的人，不会迷失自己，永远知道自己想要什么，知道许多生存技巧，懂得处理各种未知和紧急情况。像所有幸存者一样，他们无视规则，不受道德约束。他们应对各种情况都能说些什么。他们随口说谎。那个可悲的日本游客就属于这类旅行者。

这家伙总是说，自己生在旧金山，一直在那里生活，后来才搬到上海。天知道他为什么总要强调这点，其实大家根本就不关心，只是简简单单地把他当游客对待。他英语也说得不好，如果有人说他是日本人，他还会生气，用英语说："你怎么了，伙计？我是美国人，你应该知道。"

与记忆对话

———— 高昌古城 ————

——刚进去就得买门票，太荒谬了。放眼望去，全都是沙漠。但从远处可以看到几个土墩，靠近点就能发现，它们是一座城市的废墟，认真观察，你就会发现，这座城市曾辉煌一时。对比这片废墟，你也就慢慢明白我们所认识的这个世界——我们很自然地接受了这个由暴力的欧洲人建立的当今世界，我们知道这个世界会持续下去，不会终结。也许会发生其他事情，留下一些痕迹，但这些痕迹不会比眼前这神圣文明留下的山丘更高贵。

——那是什么地方？

——高昌古城。它的历史非常复杂，有很多版本，说法不一，我没

法弄得很清楚。在我们阿根廷的历史课上，几乎从不会提及中国历史甚至中亚历史。现在要想弄清楚高昌的复杂历史，我感觉自己面前布满了故事线，缠绕成了一个黑团。

——没有官方版本吗？

——有的。据说这里从公元前 1 世纪到公元 5 世纪，也就是汉晋时期是军事要地。从南北朝到隋唐，也就是 5 世纪到 9 世纪，多人在此相继称王，到了宋元时期，即 10 世纪到 14 世纪，这里成为高昌回鹘国。14 世纪，高昌城被废弃，只留下这些两米多宽的土墙，仿佛一碰雨水就会融化，却一直保留至今。我摸着土墙，想象着这座古丝绸之路上曾经最大的城市。

——你可以再多说一些吗？那里最早的定居者是什么人？

——这里最早属于车师前国，西汉王朝派人在此筑垒屯守。后来，这里被柔然汗国征服，先后经历阚氏、张氏、马氏、麴氏统治，当时已经有一万多人口，以汉人为主体。到了唐朝，这片土地曾被吐蕃人攻陷，后被回鹘夺回，建立高昌回鹘王国，当时的回鹘人信奉佛教，不是如今的伊斯兰教。高昌城被毁前，还曾受蒙古汗国统治。

——古城遗址上是不是还能看到零散的土墩？

——是的，高昌城周长 5440 米，面积 198 公顷，由外到内分为三个区域：外城、内城和宫城。这些遗迹其实是高昌回鹘王国时期留下的城墙、护城河、宗教建筑和其他房屋的外墙。在当地，还发现了一些祭祀物品、用各种语言写的文书，还有各类器皿。

📋 棕色笔记本

—— 石榴树 ——

我们经过一个很小的镇子，镇上只有一座清真寺和一小片住房。我们停下来，想看清真寺。这座清真寺似乎也没什么好看。日本游客一直在拍照，于是我往路边走去，看那一群人在干什么。原来，他们正在收拾一头现宰的母牛。牛皮还带着热乎气，牛头上的眼睛睁着，地上还有些内脏、蹄子和血迹。他们看到我很高兴，向我打招呼。我用中文跟他们说我到晚了，他们冲着我笑。其中一人跟我讲话，但我听不明白。他们全是男性，其中还有个四五岁的孩子。

在一个屋子旁，有几棵石榴树，长在尘土里，接受烈日暴晒。石榴是新疆特产。看着石榴，我的思绪飞回了童年。在我们以前住的大房子的第二个院子里，就有一棵石榴树。

我姑父和其他 12 个人曾冒着暴风雨穿过一条河，结果不幸淹死。当时我姑父才 27 岁，去世时留下一个三岁的女孩和一个才几个月的婴儿。我们当时都住在一起。大人们花了一个多星期才找到他的尸体，接着就在那个房子里为他守夜。我看到女人们浑身包裹着黑布，听到她们悲伤地祈祷、哭喊。几天后，我想在那个石榴树上摘一颗石榴。石榴树下有张桌子。于是我带着一把椅子，放到桌上，自己爬到桌上，再上椅子。手指尖刚碰到石榴，一只蜜蜂就蜇了我的眼睛，我感到一阵刺痛，一下子从桌子和椅子搭的梯子上掉了下来。

在吐鲁番沙漠里，我还看到了一座座棕色、红色、米色、蓝色的山，千年以来，那里的人懂得欣赏这些色彩。大自然真是生机勃勃。

社交分享

古斯塔沃·伍：我离开吐鲁番了，现在去兰州，路程7个小时。我在阿根廷的中国朋友冯子骞的爸爸在那里等着我。为了方便相认，他会戴一顶科连特斯的皮帽。

索朗热·德梅：兰州拉面，千万别错过！你坐的车厢里有个屏幕上写着火车行驶速度，你拍张照。这火车非常舒适，也感觉不到它在高速行驶。

13 从吐鲁番到兰州 ↻

离开吐鲁番去往兰州，我生平第一次坐上高铁。我们将经过敦煌，从那里下车到莫高窟。莫高窟是古代佛教最重要的遗址之一，那里的数百个洞窟里保存着2000多尊雕塑和4.5万平方米壁画。我们还会去鸣沙山、月牙泉，以及长城西段的终点——嘉峪关。

在近2000公里的旅程中，我也留给自己一些时间，希望从一段短暂的爱情中抽离出来。

📋棕色笔记本

—— 一项艰巨任务 ——

美国未来学家阿尔文·托夫勒著有大量理论书籍，他的著作通俗易懂且颇具说服力，曾经风靡一时。我读技校时，公民教育课教师福萨有一回在课上介绍他的一本畅销书。"世界上有四大平原，"福萨边说边举起一只手，向上伸出四根手指，"西伯利亚，常年大雪覆盖；中国，五千年来养育着世界五分之一人口，土地贫瘠；美国，欣欣向荣；第四个，是阿根廷的潘帕斯草原。但愿这些愚蠢的（阿根廷）政客懂得如何对待她。"

随着中国经济高速发展，中国土地被大量占用。但我沿途透过火车

窗所看到的一切使我确信，无论过去还是现在，中国人都在努力充分利用自己的土地。我花了六小时穿越一片沙漠，我看到，到处都在兴修公路、发电站、隧道、水库、桥梁、铁路等基础设施。

社交分享

伊琳娜·伍：你能感觉到自己坐在高铁里吗？

古斯塔沃·伍：我在几种情况下能感觉到：第一，火车通过隧道时；第二，旁边反方向开来一列火车时，那速度快得就像一道闪电；第三，就像索朗热说的，车厢显示屏上写着时速：197 公里／时、205 公里／时。

安娜·贝伦·鲁斯：乘务员是不是特别漂亮？

维维安娜·达布尔：哎，那些弥漫着中国气味、充斥着中国话的火车！你怎么去了趟中国，就把自己一半的心思丢在那里了呢？

💡 与记忆对话

—— 关于达里娅 ——

——我不想离开吐鲁番，我不能走，我想和达里娅再多度过一些时光。我能感受到，自己在慢慢爱上她，到最后，我们之间擦出了强烈的火花。

——你以前可从没爱上过中国姑娘。

——没错。但确实也很少有姑娘像达里娅那样让我这么着迷。

——你也太罗曼蒂克了……

——是。不管怎么说，跟她分别时，我非常难受。我继续旅行，但心里感到无比孤独。

——你喜欢她什么？

——她特别有教养、热情、温柔，但也很有主见。我第一次踏进那家青旅时，她在前台接待我。我登记信息后，我们聊了一会儿，马上就能理解彼此的意思——虽然当时这种互相理解并不是我俩之间独有的，她应该能理解所有愿意和她交流的人。我问她是不是一直住在吐鲁番，她回答说，事实上，她不久前刚来。她来自遥远的东部某个省份，喜欢随心所欲到处旅行，在各地的不同青旅打工。我觉得很少会有教育水平那么高的中国女孩选择这种生活方式。她对许多话题都有深入的见解，常让我惊讶不已。她还能讲流利的英语和西班牙语。她告诉我，她父亲在她很小的时候就去世了，妈妈和外婆将她抚养大，到了快上大学的时候，她告诉妈妈和外婆，自己不想继续读书了，想去学习艺术，还想去旅游。妈妈和外婆十分支持她的想法。"她们跟我说，无论我决定做什么，开心去做就好。于是，我就开始旅行了。"我明白了，她的内心非常强大，这种强大既体现在她待人接物的温和之中，也体现在她寻求自由的渴望之中。她是那种追随内心的姑娘。

晚上，我睡不着，就去公共休息区，坐在那张外形怪异的阿拉伯式扶手椅上看书。有一回，达里娅在不远处的接待台内侧用电脑看电影。无意间，我发现她在哭泣。她就那么默默地哭着，那种伤心令人心碎。我走近她，坐在她身边，问她是否愿意告诉我发生了什么事。她毫不掩饰地告诉我，她是为电影里讲的故事而哭泣。那是部纪录片，讲的是一个埃塞俄比亚姑娘因为自己身为女性而痛苦不已，于是发起一场运动，让其他跟她想法一样的女性不再承受她所遭遇的痛苦。

她指给我看电脑屏幕上的姑娘，说："她可真强大，她的坚强源于她自己的力量，也源于那些她为之斗争的女性所给予她的力量。她面对的是一个凶残的政府，于是她去英国、瑞典、丹麦，将她自己的经历变成一个国际关注的话题。但你看她的双眼，她就像一只受惊的野兔，事实上，她做那一切时，内心时刻因恐惧而颤抖着。"达里娅完全被这个埃塞俄比亚姑娘的故事吸引住了，她双眼通红，忘记自己身在青年旅馆，身在吐鲁番，也忘记了身边的我。

全世界都睡着了，只有我们两个人在一起看纪录片，分享共同的理解和感受。第二天，我们就建立起十分亲密的友谊，到了晚上，我们又一起看电影，连续几小时一直聊天。后面几天，我们止不住想和对方说话。她对我的生活很感兴趣，全神贯注地听我说话。我想，她就是这样全神贯注地观察这个世界的。有天晚上，我想起《易经》里的一个卦，就跟她说，一个王储必须要深入了解自己的国家，凡事亲力亲为，深刻体察民情。这样，有朝一日他才能成为一位宽宏大量的国君，用大智慧来治国。"也许你现在所做的，正是为你以后成为王后在做准备呢。"我说。她笑着回答说，她对权力并不感兴趣。"不管怎么说，你拥有一个公主所具备的力量。"她告诉我："我觉得我更像杜尔西内娅·台尔·托波索，而你就像堂·吉诃德，经历着自己想象中的各种历险。"那一晚，我们甜蜜相爱，彼此相信，我俩仿佛生来就为那一刻，人生道路指引着我们历经多年、不远万里走到一起，在中国的一片沙漠里的一家青旅里相遇。那是我离开吐鲁番的前一天。达里娅求我留下来，说之后和我一起出发，去哈萨克斯坦、去俄罗斯、去乌克兰、去匈牙利……她说："我们一起走遍地球。你和我都清楚，我们再也不会遇上一个人，像我们的内心那么自由，我们也再也不会遇上一个人，像我们这样理解彼此。"我知道，她说得对，她从不说谎，事实就是如此。

——但是你第二天还是走了。

——是的。

——为什么？

——我觉得自己还要对其他需要我、等着我的人履行义务。我妈妈病了，她还在照顾我女儿。

——无论如何，她们都会希望你走遍世界，内心充满爱，做真正的自己。你妈妈要是知道你在过着自己想要的生活，走的时候也一定会更安心。

——我知道，我知道。

——所以呢？你还是那么愚蠢地离开了。

——是的，我无言以对。

棕色笔记本

——— 坐高铁 ———

痴迷中国文化的索朗热让我在车厢里给她拍张显示高铁行驶速度的照片。

这是我这辈子第一次坐高铁。现在它正以每小时 193 公里的速度前进。但这数字意味着什么？坐在车厢里，并不能明显感觉出火车的飞奔速度，只有在穿过隧道的时候，我才能听到耳边一阵咆哮。从反方向开过来的高铁就像一个白点，停留的时间只够你发出一声惊叹。我也没法给窗外的风景拍照，因为拍出来的画面都是移动的。

我把照片发在社交软件群里，巴布罗·马科夫斯基说，在中国，每代人的着装都不同，好像每代人都有属

于自己这代人的统一风格。他的观察非常敏锐。中国懂得如何保存文化。比起其他文化，中国文化更透亮、更具历史层次感。我之前在中国坐过的火车都跟阿根廷火车年纪差不多大，但高铁不同，不仅更快，而且独具风格，体现出中国更国际化的时代特征。高铁车厢非常干净，但座椅没那么舒适——可能更注重美观，而不是乘客体验——票价很贵，列车员更做作、冷漠，也更专业。坐高铁的人行为举止也不一样。年纪大的人似乎比较拘谨，生怕犯了什么错，年轻人则比较放松，感觉跟在自己家没什么两样。

14 | 兰州

兰州是甘肃的省会。地图上的甘肃呈东西走向的狭长状，就像在丝绸之路上画了条线，把东西部的民族和文化串联在一起。

我和冯证还有他的朋友邱丰一起南下旅行。我们经过一个回民聚居区，然后进入藏族聚居地。

我们参观了一个县城，拉卜楞寺就在那里。我们在镇上过了夜，第二天早上进入山区，看到许多游牧人的营地。

社交分享

古斯塔沃·伍：我在布宜诺斯艾利斯的一位中国朋友的父母去兰州的火车站接了我。他们发现我年龄比他们还大，愣了一下，不过他们看到我很高兴，还给我单独安排了一个公寓。

 棕色笔记本

——— 古巴 ———

冯证和他的夫人、岳父住在一个非常宽敞、整洁的公寓里，家里收藏了许多宝物，如古籍善本、清代瓷器和有 4000 年历史的陶器。

在他家的藏书中，有好几本切·格瓦拉的传记。他把切·格瓦拉当作偶像。我说，我以前在古巴为日本报纸《读卖新闻》当报道员，写过一些关于古巴的游记，他们的儿子曾在阿根廷帮我翻译那些文章。我还说，在古巴，人们都非常崇拜切·格瓦拉。他听后很感兴趣。我说"古巴是我了解的最好的国家"，他听了和蔼而深沉地对我微笑。

他告诉我，他欣赏切·格瓦拉对自由和尊严的向往。

古巴把我们连接到了一起。我觉得冯证和他夫人就像我十几岁就认识的老朋友。

社交分享

古斯塔沃·伍：今天早上，我和冯证坐他的越野车去兰州南部。我们经过一个几乎全是回民的县城。我现在在甘肃，古丝绸之路从这里穿过，穆斯林是丝绸之路的主角。

巴布罗·马科夫斯基：但丝绸之路现在还存在吗？

古斯塔沃·伍：很庆幸，丝绸之路依然存在，现在是新的丝绸之路了，叫"一带一路"，人们从未抛弃丝绸之路。

这里的穆斯林卖地毯、珠宝和短刀，都是游牧民族的物品。他们还卖皮草。我看到过特别大的皮草，我开始以为是熊的或是狼的，最后他们说是藏獒的。他们还种植水果和玉米。这里有许多清真寺，白色的、天蓝色的，带有绿色、银色或金色圆顶。

社交分享

古斯塔沃·伍：经过回民聚居区后，我们进入了藏传佛教徒的聚居区。我现在在甘南藏族自治州的夏河县，叫它"自治州"，因为它属于甘肃省。这里有许多寺庙，住着300多人，一半是教民，一半是

僧侣。什么年龄段的僧侣都有，大到90岁，小到5岁，都剃光头，穿长袍，在街上走动。

玛丽拉·曼西亚特拉：我把你的旅行故事告诉了我这些同事：19岁的德国男孩汤姆，马上要读社会人类学了；罗伯塔，库姆族人；佩德罗，以前是收藏家，现在是木偶制造商。罗伯塔说，她外孙女马莱娜的爸爸是中国人，在超市打工，妈妈是库姆族人。罗伯塔说，她外孙女有中国血统，她看你写的故事，对这片土地心驰神往。

古斯塔沃·伍：我可以认识这些人吗？我想给他们看几张照片，告诉他们一些故事。

──── 清真寺和重金属 ────

我认为，西方人和中国人的差异有个关键点，那就是我这个年龄的中国人没听过冲撞、深紫、赶时髦、齐柏林飞艇、地下丝绒、鲍伊的歌。

在西方，我们听迈克尔·杰克逊。在中国，我也听流行乐。我听过最像摇滚的中国歌是一首 20 世纪 40 年代创作的女声合唱，调门高得不可思议。一个姑娘给我翻译了歌词："没有共产党，就没有新中国。"

冯证只会讲汉语，于是请了个会英文的朋友当翻译。这个朋友是名警察，现在正在读书，准备转行当律师。

我们三人开车一起逛了好几天，就像三个老朋友一样。

有次我们在路上，冯证想跟我说些话，而他朋友不知道怎么翻译。冯证继续解释，朋友还是没明白，而我倒开始理解他想表达的意思了。最后，变成了冯证说汉语，我说英文，我俩一起给他朋友解释我们谈论的话题。我估计他还是没明白。

我们经过一个有许多清真寺的县城时，冯证提到重金属乐队，很有意思的话题。他俩开始讨论乐队，他的朋友似乎特别了解。朋友让他感受低音旋律、教他唱歌，最后他俩还一起模仿起某位歌手。真是奇妙的时刻。

──── 在酒店干杯 ────

傍晚时分，我们到达酒店。不一会儿，冯证就敲了敲我的房门，请我去他房间吃晚餐。他的警察朋友已经在那里等候了。

他们指给我看一盘鸡蛋。我以为是熟鸡蛋，结果发现是生的。我等着看他俩怎么吃，好模仿他们，但他们就是不吃。过了一会儿，他俩又催我，让我吃个鸡蛋。我说不了，谢谢。他俩倒显得有点紧张，说我得尝尝。他俩看着我,我只能下定决心拿起一颗鸡蛋,从皮夹里拿出一张信用卡,在一端切一下,另一端又切一下,接着把里面的生鸡蛋吹到我盛汤的碗里。

我做对了,还是犯傻了?

都不是,他俩哈哈大笑,笑了好一会儿。原来,他俩跟我开玩笑呢。

然后,冯证递给我一瓶别人送他的阿根廷红酒,让我开瓶。我打开红酒,用酒店里的刷牙杯给我们每个人倒了一点,我们边碰杯,边说"干杯"。警察朋友不懂红酒礼仪,把一杯酒喝了个精光。我跟他解释说,红酒不是这么喝的。他看着我,好像我隐瞒了什么秘密。

社交分享

> **古斯塔沃·伍:** 早!今天我去了山里。我们找到一个藏族牧羊人的营地。他们或步行或骑着摩托车放羊,或步行或骑马放牛。羊像白云一样散落在山间。

💡 与记忆对话

——— 游牧民 ———

——你看到藏族游牧民住的地方了吗?

——看到了,在很大的帐篷里,帐篷可以拆卸,"墙"用石头和泥土固定在地面上。在帐篷中央有个铁炉,用牛粪生火,边上还有壁炉。黎明时,我还从很远处看到一个小山谷,里面大约有 20 户人家。地面上仿佛有一层云雾,其实是每个帐篷里冒出来的白烟,那是人们起床后

生火做饭、取暖时的烟雾。晚上睡觉时,他们都会盖好几层毯子来取暖。他们白天一直走路,到了晚上,倒下就睡着了。没人会坐在家里,大家都会去放羊、放牛、打扫屋子、照顾孩子。

——可以说是运动员一般的作息了。

——我观察了他们好一会儿,羡慕他们放松的生活方式。我这辈子就像一只鸡一样活着,从出生就被关在笼子里,四个月后就变成了别人的食物——养鸡人会让鸡少动,这样它们长得更快、更嫩,但我为什么要让自己过这样的生活?

——完全不同的生活方式,让你产生了思考。

——整个中国都让我产生思考。看到游牧民时,我就在想,以发展的眼光看,我们大概都会认为,游牧生活是一种原始生活,人们只有开始农耕,才能慢慢过上好日子。但我们放下这种偏见时,就会发现,游牧制胜过农耕制。放弃土地私有权绝非易事,这相当于废除了私有财产。巴枯宁认为,推翻毁灭人性的阶级社会并不需要进行一场盛大

革命，只需要颁布一条法律，规定"废除所有私有财产"。

——你是在藏传佛教徒身上学到这一点的吗？

——藏传佛教徒选择游牧生活，并不意味着他们享受不到现代生活的舒适。只要他们有充足的钱，只要他们不认为这些福祉是麻烦事，他们想什么时候怎么享受，都可以。

——游牧生活有什么不好吗？

——这个得仔细观察。我跟游牧民相处后，觉得或许他们的好处更多，虽然这意味着要跟农耕文明作对。

——你觉得住帐篷好吗？

——有好的地方。我看到酸奶机和其他机器，但这些机器本身没引起我注意，让我关注到的是那些机器全都五颜六色。游牧民喜欢五颜六色，他们用彩色装扮世界。我想，如果我们睁大眼睛，世界将变得多姿多彩。

——你看到他们的神像了吗？画得五颜六色的那种。

——他们宗教绘画里的神像就是五颜六色的。他们用颜色代表不同的神，在他们的宗教里，没有天父、造物主、大法官、全能神和全知神。他们的宗教带有很多实践活动。他们有各种节日和仪式，他们边走路、边跳舞、边唱歌、边祈祷。

棕色笔记本

——— 白星和黑星 ———

我们在野外时，有个姑娘背着一个婴儿朝我们走来，问我们能不能顺便带她去镇上。我们跟她说，我们走反方向。我们看着她又回到路上，立刻有辆摩托车在她身边停了下来。开摩托车的是个男孩，身后还有一个怀孕的女孩。男孩让这个背着婴儿的姑娘也坐上摩托车，他们两家人就这么骑着瘦弱的摩托车上路了。

我们停下来，在路边的一家餐厅吃午饭。我们吃了硬硬的、带点肥肉、没放盐也没放其他调料的羊肉。每吃一口肉，都就着一瓣生蒜，两样一起放嘴里咀嚼，还挺好吃。一次不错的体验。

现在是秋天了。佛教徒用来装饰夏天的彩旗已经开始褪色，布料也开始碎裂，接下来布置风景的色彩就来自大自然了。山有绿色、黄色和红色的。我还看到几只灰色的鼹鼠，像狗那么大。

冯证停车，我们一起下了车，看着面前的羊，三五成群地在绿色小山上踱步。

"给羊拍个照吧。"冯证的警察朋友跟我说，"它们就像行走的星星，在绿山上行走的白色星星。"

"没错。"冯证说，"还有牛，就像黑色的星星。"

——— 历经数个世纪的梯田 ———

兰州城周围的山谷上，没有一厘米土地是闲置的。现在的梯田比较贫瘠。经历了好几个世纪的耕种，这里的山已经被开发得有些枯竭了。

社交分享

玛丽拉·曼西亚特拉：我发现我很难适应你在光鲜亮丽的城市景观和牧羊人跟营地的场景之间来回切换。

古斯塔沃·伍：你好，玛丽拉！我自己可能也很难适应。我每天早上在不同的地方起床，每次抬头看，都发现自己在另一个地方，每次照镜子时，我才记起自己是谁。你们就是串联起我人生的人。

——— 尊严与自由 ———

冯证跟藏传佛教徒交往了许多年，他一直诚心相待，非常尊重他们。他拍了许多他们日常生活，特别是宗教活动上的照片。他甚至还参加过一些不允许外人进去的藏族人仪式。

他很多照片都非常精彩。

他在夏河县附近有间屋子，专门接待前来观看藏传佛教徒公开仪式的游客。

我邀请他到安第斯山、门多萨或七湖骑马，但我又想，对他来说，阿根廷最有意思的活动应该是科连特斯的小高乔人希尔节、拉班达的卡拉瓦哈尔节，还有北部的狂欢节。

我们认识的那天，谈论了切·格瓦拉，他说切·格瓦拉是自由而有尊严的。对冯证来说，"尊严"和"自由"这两个词很重要。

冯证喜欢藏族人，因为藏族人懂得自由而尊严地生活。

15 从兰州到西安 ↻

　　我坐上绿皮火车，从甘肃省会兰州前往陕西省会西安。西安是一座古都。火车在大约8小时内开了近700公里，其中很多时间都顺着东南向的渭河谷地行驶。很幸运，我在火车上遇到一个很和蔼也会讲英语的姑娘。整个旅程，除了我偶尔在棕色笔记本上写写画画的时间，我俩一直在聊天。

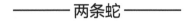 棕色笔记本

—————— 两条蛇 ——————

离开兰州两个半小时了。火车轨道与渭河并肩而行，就像两条相亲相爱的蛇。

与记忆对话

—————— 黄河 ——————

——这次旅行中大部分体验都是你之前在学校里没有学过的东西。

——关于中国，有太多知识要学习了，但我们上小学时，几乎不教这些，可能学过一些关于指南针、印刷术、火药、黄河的内容。我记得地理老师说，黄河是"中华文明的摇篮，从史前时期开始，人们就在黄河两岸定居，中国的主体民族汉族也在这里诞生"。地理老师总是这么说，有时候还会补充说，黄河经常发大水，把整个城市的民房、宫殿、森林、牛、猪、骡子、骆驼、寺庙、机器和存储的谷物都淹没了。

——你还记不记得，你小时候，圣尼古拉斯发过一次洪水？

——我记得有过好几次。但老师说到黄河发大水时，我想到了我六岁时经历的那次洪水。我们坐卡车到了我外公住的地方。路很高，没被水淹没，而路的周围已经是一片棕色湖泊。我外公站在路旁，身边有几样从家里拿出来的东西，还有两头羊，拴在一个风扇上。水已经淹没了

房子的大门。屋顶上有一只黑狗在发抖，一棵掉光叶子的树的顶上，有几只沉闷的母鸡。我父亲和一个叔叔把东西搬到卡车上。还有个叔叔，年纪不大，好像才十几岁，慢慢从房子后面游过来，推着一个像小船一样漂浮着的木制家具。家具上还有好几头猪仔。小猪仔叫喊着挤在一起，蹄子滑来滑去。等他游到从马路通往房子的楼梯附近，其他人就过去抓猪仔，把它们放到一个卧倒的冰箱上。

——你爸爸跟你说过，黄河发洪水跟巴拉那河发洪水很像吗？

——没有，他从没提起过黄河。我只听那个历史老师提到过。

——然后你在兰州看到了黄河。

——黄河横穿兰州。我离开兰州时，在火车上看到了黄河，但一会儿它又消失了。火车往东南方向行驶，而河往北转。大约过了200公里，渭河出现了。渭河也是一条非常重要的河流，过了西安，渭河就汇到了黄河里。西安以前叫长安，也是古丝绸之路的起点，我的祖先也许就是从那里坐船沿渭河西行的。也许当年，他们的家人也取下两岸的柳枝，编成花环，赠给这些即将伤心离开、难再回来的人们。

那样的场景让我想起王维的一首诗：

> 渭城朝雨浥轻尘，客舍青青柳色新。
>
> 劝君更尽一杯酒，西出阳关无故人。

📒 棕色笔记本

—— 火车上的时光 ——

冯证和他夫人高宏陪我到了火车站。高宏一直陪我到候车室，把我托付给铁路警察，好像我是个孩子一样。9点32分，火车准时出发。

高宏给我买了个位置不错的火车票，是下铺，唯一可以坐的床铺，相比之下，中铺和上铺的空间很小。

另一侧的下铺是一位女士，独自旅行。没一会儿，她就躺下入睡了。

对面走廊的小凳子上，坐着一个高个子的年轻姑娘，她突然用中文跟我说话，十分和蔼。我跟她表示不好意思，我听不懂。于是她用英文回答我，并对我的旅行表现出很大的兴趣。她是山东临沂人，临沂靠海，也是这列火车的终点。火车还要开 20 个小时。姑娘正在兰州大学读细胞生物学博士，主要研究肺癌。她的丈夫和一岁的女儿都在临沂。

我们穿过山区，山区都是玉米地。火车沿着峡谷前行，峡谷非常深。距离山边约 5 厘米的地方，都是金黄的玉米田，看起来就像三四月份阿根廷的农田。

峡谷另一侧，还是一片片玉米地，沿着山坡往上延展，不留下一块空地。

山上覆盖着中国秋天厚重的绿色和红色。

🔘 与记忆对话

—— 高个子姑娘 ——

——在那趟火车上，在我床铺旁，有位女士让我很有好感，我甚至开始思考，一位女性真正让我喜欢的，是她的生活方式——可能是某种专业人士，肯定是专心投入某项事业的人。那位女士的上铺有个男人，一直用拳头敲打自己膝盖。敲啊敲，不停敲。车厢里有很多年轻人。

——你就是在那趟火车上认识了个高个子姑娘吧？

——是的，就是那个在兰州读博士的姑娘。我们聊了很长时间，开始我坐在下铺，她坐在对面走廊的折叠凳上，后来，我索性请她过来坐到我的铺上。我们继续聊，聊了很多事。她提议我俩合照一张，我想这是不是有什么特别意义。我当时在中国已经坐过四趟火车了，其中三趟是卧铺。在第一趟火车上，有个中国姑娘带着她的小儿子，姑娘就像童话故事走出来的仙女一样好看，但这美好的形象一会儿就打破了，因为小儿子一直在尖叫。在第二趟火车上，我碰到了一个又高又迷人的维吾尔族姑娘，她拥有另一种东方女性的风韵。我在西方没见过这样的女子。她带着她三岁的女儿。我想跟她说说话，但她不懂英文，而我也不会说汉语。我们只能互相看看，说不上话。在第三趟火车上，我就遇上了那个姑娘，她长得就像一件雕塑艺术品，我看到她，就屏住了呼吸，她也有个女儿，但不在身旁，她过来跟我来聊天，跟我合影，还给我拍了张照片。她用中文跟我说了个词，然后解释说，词的意思是"英俊"。她一直跟我说"欢迎来中国，外国先生"，我没法解释，但至少也有权利想象一下，是不是谁在捉弄我？火车开了8小时后，我们来到了一片平原。

——平原可是你熟悉的东西。

——是啊，我来自平原。我的城市和我眼前看到的很像，都像是在平原上展开的一张画布。有位作家曾这么描述过："（平原就是）用犁横推、竖推，连一块石头都撞不到。"我离开阳朔之后，就一直在山区活动了。

📔 棕色笔记本

—— 马可·波罗综合征 ——

在阿根廷，我们说"中国耐心"，指的是取之不尽、用之不竭的好耐心。但在西安，我又一次印证了我在中国各地看到的场景：人们不好好排队，反而互相推搡。总有一些人想要挤到其他人前头，好像时刻担心自己错过最后一班火车。

我在写下这些的时候，我也印证了自己得了"马可·波罗综合征"。

马可·波罗综合征包括以下几个因素，即用史学家的视角，讲述中国并拥有受众。也就是说，一个西方人到中国旅行，把他在中国看到的事讲述给他的受众。史学家胆子大，总喜欢到最遥远的地方冒险，而中国永远是一个奇幻世界。尽管后来有许多效仿马可·波罗的"马可·波罗"，但说起来，他始终是第一人，是发现者。马可·波罗没有前人们的经验可借鉴，他讲述的故事就像一片奇幻的云一样飘浮着，他笔下的中国，一切都是新奇的、引人入胜的。他勇于尝试——他吃蝎子、拿起毛笔写中国字、坐古船航行、尝试学汉语，他逐渐掌握中国人的社会逻辑，跟自己国家的社会逻辑即便不相反，也是完全不同的。中国，一片神奇的土地，在那里发生的事情，有你可以想象和完全不可想象的。在

中国，一切皆有可能，一切皆可能发生，有些是你可以预想的，有些是你的想象力无法企及的。"马可·波罗"们看着这一切，回国后把它讲述出来。

另外，就是要有受众。受众希望了解到的现实，不光是他们自己可以看到、听到、感受到的事，还有一些他们不知道的存在于这个世界上的奇幻故事。他们想知道真实又震撼的事，比如压抑、贫穷、疾病、常规。他们也需要了解某些奇妙的事，让他们可以从繁重的日常生活中抽离出来。他们希望听到有些梦想是可以实现的。他们不仅愿意听例如"龙是真实存在的""从月球上可以看到长城""中国人用成千上万个符号来写书"等这些大家耳熟能详的传说，而且希望作者打破思维界限，去讲述这片肥沃的土地。不管作者怎么描述，读者都嫌不够，他们希望读到更多故事。

说到中国人没有耐心，我会说，他们总是领先三步，或者说，他们总是急于结束一件事。对中国人来说，事情结束，人就要离开，就像快要赛跑完时，知道另一个人已经获胜一样。在中国吃饭时，中国朋友总是跟我说"吃，吃"，我不知道这是出于热情款待，还是在催我——我吃饭确实很慢，而且几乎每次我刚开始享受食物，别人都快吃完了。我经常觉得，午饭或晚饭刚结束，大家就迫不及待想要离开，而他们之所以没停下碗筷，也没离开，只是出于礼貌在等我。中国人吃完饭很少会停留片刻聊会儿天。有一次我在布宜诺斯艾利斯和一群来阿根廷40多年的中国人一起吃午饭。大家吃完饭，不知不觉又聊了会儿，这时，一个人感叹："看这都几点了，我们还在这里聊天！我们越来越像阿根廷人了！"大家都笑了。

马可·波罗综合征的另一个特点是容易泛泛而谈。比如说到"中国人"，好像在说所有中国人一样。这其实是错觉，只有想听谎言的读者才会相信。当然，中国人之间有许多共同之处，但我不认为，某个个体可以代表"中国人"的整体概念。

16 西安

在一个寒冷的夜晚，我来到了西安。西安是陕西省省会，陕西位于中国中北部。在超过 500 年的时间里，西安是一座古老而灿烂的都城。早在公元前 11 世纪，西安就已建城。2200 年前，汉朝就在西安建都，当时欧洲的人口还主要集中在多瑙河两岸。当时的西安叫长安，后来成为隋唐两朝的首都。7 世纪至 10 世纪初，即唐代时，长安是世界上最辉煌、繁华的城市。

之后长安开始走下坡路，但依然是世界上最大的城市之一。马可·波罗在 13 世纪来到这里，惊叹于当地的贸易规模。明朝建立后，这里得名"西安"，并沿用至今。

我在宏伟的古城墙下行走，还去参观了秦始皇兵马俑遗址——这里是中国文明史的辉煌象征，7500多尊雕塑，在公元前210年作为陪葬品与秦始皇一起入葬。1974年，兵马俑被发现，成为中国历史图景中的一个重要事件，而被埋葬了20多个世纪的庞大"军队"突然展现在世人面前，让人惊叹不已。

社交分享

古斯塔沃·伍：早。我已经在西安了。我昨天到的，到了就做了个演讲，让很多中国观众听得昏昏欲睡。我的朋友黄楠教授给我发了一份邀请函，为我打开了中国的大门。她现在是西

安外国语大学西方语言文化学院院长，我认识她时，她在（阿根廷）拉普拉塔大学孔子学院担任中方院长。她是个真诚的人，是一位宝贵的朋友。她在西班牙生活过，会讲一口无可挑剔的西班牙语。她交朋友的能力就跟学西班牙语一样，很快就能跟阿根廷人打成一片，跟她相处非常舒服。她拥有很高的学术地位，但与人相处没有尊卑贵贱之分，总是像朋友一样待人。

巴布罗·马科夫斯基：你那是什么包？是从阿根廷带去，专门做演讲用的？

古斯塔沃·伍：包是我朋友马丘卡借我的。

洛蕾莱·丽塔：你怎么认识马丘卡的？

古斯塔沃·伍：跟认识黄楠一样，也是在拉普拉塔大学孔子学院。当时他在那里学汉语，后来他得到一笔奖学金去深造，再后来又得到

一笔奖学金，现在他跟其他中国同学一起在读硕士。

伊琳娜·伍：话说，你的演讲是关于什么内容的？

古斯塔沃·伍：我谈了中国和阿根廷文化交流的现实情况和未来展望，主要介绍阿根廷人如何看待中国，中国文化和阿根廷文化如何在布宜诺斯艾利斯唐人街的新年庆祝活动中融合，还说到孔子学院、中国超市和一些大学的情况，还谈到了我们的《当代》杂志。

巴布罗·马科夫斯基：在超市打工的周现在总躲着我，不想让我给他看你在西安拍的照片。

棕色笔记本

——— 走进西安外国语大学 ———

虽说中国能让一个阿根廷人有无数种抱怨的理由，但马丘卡说自己不能回阿根廷，因为在中国一天之内发生的事，到了阿根廷需要一个月的时间。"有次我上完一年学，回到布宜诺斯艾利斯，那里一个地铁站也没增加，而中国一年内已经新建了两条完整的地铁线。"

马丘卡现在在西安外国语大学攻读汉语硕士。我就是在这所大学里做的讲座，讲座安排在新校区，大约有 2 万名学生特地来参加。马丘卡和其他外国留学生平时都在位于市中心的旧校区。讲座结束后，我就跟他去了旧校区。

马丘卡带我参观了他和一个卢旺达留学生合住的房间。房间非常小，只够容下两张床。我们一起去见了另一个阿根廷留学生，那女孩也住在一个同样大小的房间里。这个女孩是两个月前来的。我想，我的出现会让她感到惊喜。"一个女孩孤身来到世界的另一端，她一定疯狂想念家人，但在这里的阿根廷人也不多，因此看到一个刚来的同胞，她一定挺开心。"我是这么想的。

但她只是很简单地跟我打了个招呼。我们在她的小房间里聊天。聊天时我才了解到，这里的阿根廷人并不少，另外还有许多来自拉美其他国家的人。

外面在下雨，我们等雨停。天晴后，大家拿着羽毛球拍一起去了足球场。

在中国，我看到在户外的任何地方都有人打羽毛球。在各地的人民广场，在各种地方，都有人玩。那是我第一次打羽毛球。我发现，羽毛球容易学，还好玩。我甚至想，羽毛球可以成为促进中国人和阿根廷人友谊的一种媒介。我在想象，一群中国人到阿根廷各种广场、学校、俱乐部巡回教学、推广羽毛球。

马丘卡和他的朋友在一根棍子和包围球场的网之间拉起一条绳，我们三人就开始打起羽毛球，一直玩到天黑。我们没怎么说话，就一直在笑、在玩，度过了一段快乐时光。

💡 与记忆对话

——— 骚动的夜 ———

——西安的夜生活似乎很热闹。可能所有中国大城市的夜生活都很热闹，也可能是因为西安有很多所大学。

——你说的夜生活是在大学里？

——不是的，夜生活的"震中"是市中心。我认识的大多数大学生很少在校园外冒险。不过，这里的大学生数量大，可能有好几万人（比如我去的那个校区就有 2 万多人），因此，他们之中，有一部分是喜欢校外夜生活的。马丘卡在某个周五就带我去了一个他常去的酒吧，外国人去那家酒吧不用付钱。

——因为是外国人，所以不用付钱？

——是的。在这里我想再说一次，中国人的热情好客真的是世界上一大美德。中国人的热情好客提高了整个人类的品德层次，同样的，中国使许多人摆脱贫困，从而能降低了世界贫困人口比例。许多中国人对外国人都非常友好热情，就像阿根廷圣胡安、圣地亚哥－德尔埃斯特罗、米西奥内斯、查科那里的人一样。在这里，你会感觉到，如果客人得到好的招待，主人比客人还高兴。我希望之后还有机会谈论这个话题。现在我说回这里一些酒吧不收外国人钱的事。酒吧老板非常懂得利用中国人好客的品质，因为外国人的到来能吸引许多中国人。

——大概就是在那个酒吧，你开始思考中国历史带有离心力和向心力的发展节奏。

——可能是吧。我们跟几个法国人聊了会儿中国历史，说中国历史大致是由封闭和开放两个阶段组成的，所谓开放，就像 20 世纪 70 年代末的改革开放那样。

——这可不是个适合在酒吧里聊天的话题。

——确实。我跟一个男孩聊得很愉快。另外还有两个拉美国家的工程师，一位温柔、简单、绅士，另一位傲慢、穿着皮夹克凹造型、行为举止像外国人，那里的很多法国人也是如此。酒吧里大部分都是大学生，男孩之间往往讨论那几天正进行的世界橄榄球锦标赛，跟女孩则喜欢搞暧昧。酒吧里还有德国人、美国人、俄罗斯人。中国人喜欢接近他们，跟他们一起喝酒，用英语问他们"你是哪里人"，问他们要微信。他们总是很兴奋，外国人跳舞时，他们也跳。有些外国人喜欢邀请中国人一起玩骰子、抽水烟或喝啤酒。

——你还去了一个舞厅吧。

——对，舞厅叫"萨尔萨"。在那里，中国人的开放让我突然不知所措。这是一个随意跳舞的地方。强烈的灯光在黑暗的环境里使人眼花缭乱，人们伴着灯光、跟着音乐节奏摆动。里面有各种难以想象的灯光，简直就像烟火，瞬间勾画出各种金属蓝色的轮廓，或像火焰一样燃烧，或像星星一样照亮宇宙。如果说前面那个对外国人不收费的酒吧里，大家都穿牛仔裤、运动鞋、T恤、衬衣，比较随意，那么在这个舞厅里，所有人都像在参加"星球大战"主题的化装舞会。在喧闹的舞蹈和灼热的灯光之间，只能看到各种怪异的人影，一些在地上晃动，另一些跳到桌子或音响设备上舞动。在走廊和卫生间，可以看到各种外形奇异的中国人，有的梳着半米高的猩红色发型，有的穿着金属色西装、化着靓丽妆容，还有装扮成女生的男生，还有一种类似"莫缇夏"的半裸着、渗出香水味，像是刚从星际飞船下来或在基因实验室里生产出的鬣蜥或某种热带鸟类的装扮。看得我十分恍惚。

——那也是中国。

——是的。如果阿根廷人把中国视为另一个世界，一个截然不同的世界，那当他们看到酒吧里的情形，不知会有何感想。

——舞厅里的人的行为跟他们的着装一样诡异吗？你描述的他们的样子，感觉好像嗑了药产生的怪异行为。

——除了疯狂跳舞，还有些人喝醉之外，我没看到其他过分行为。

里面还有相当大一部分穿着制服的安保人员。一楼露台对着主舞池的地方有很多桌子，周围全是椅子，到处都是手机。那里的手机跟杯子一样，到处都是。大家都很小心，地方也很干净，也没人抽烟。

——感觉你穿越时空了。

——我感觉自己穿越到了未来，就像一个斯德哥尔摩、纽约或日内瓦的超豪华夜总会放到了 23 世纪的中国一样。我们离开时，在出口处看到好几个卖清真小吃的小摊，跟我在新疆看到的一样。如果我们穿越回十个世纪前，估计也能找到同样的食物。

——— 中国大学 ———

——你参观大学校园了吗？

——没怎么参观。但我看到过的校园都给我留下了深刻印象。校园本身就像一座小城市。

——当然了，还有 2 万"居民"呢。在阿根廷，一个城镇只要有 1 万人口，就能升级为城市。

——校园里有他们需要的一切食物，甚至比他们需求的还多。可以运动、散步、购物……他们都没有足够的时间去做这一切。他们进大学前必须参加非常严格的考试。

——很难进吗？

——马丘卡告诉我，每年大约有 900 万人参加考试，75% 的人可以入学。对了，我了解的关于大学的知识，都是马丘卡和我们一起打羽毛球的女孩，还有一个西班牙人告诉我的。那个西班牙人友善又任性，马上就要回西班牙当牧师了。学生们面临的问题还不仅是入学，主要是要根据分数选择大学和专业。古时候，中国有科举制度，考试非常难，而这是能进入朝廷工作的重要途径。要成为国家领导人，通常都要在省里担任过重要职务。要知道，中国很多省份比一些国家还要大。所以在省里工作前，还要在更小的地方担任行政职务。现在的中国，大学入学考

试竞争还是很激烈，有些年轻人因为没通过大学入学考试而沉沦。只有极小一部分人可以进入全国顶尖的大学。中国人几乎毫不掩饰自己对于走得更高、更远的渴望。

——估计你告诉了他们，在阿根廷，每个人都可以学习他想学的专业。

——我没说，因为这既是又不是事实。除了布宜诺斯艾利斯、罗萨里奥、科尔多瓦等地方，其他地方的阿根廷人只有很少一部分可以上大学，另外大学里也没有很多专业可以选择。阿根廷的大学免费，入学政策宽松，但社会不平等的大背景还是使大学成为为少数人服务的体系。中国的大学体系可能更开放，因为它为更广泛的社会基层提供了更多机会，当然这也并不意味着没有不平等现象。20世纪80年代以来，中国经济快速增长，出现一部分具有较高或极高购买力的社会群体，然而，他们不是唯一送孩子上大学的群体。事实上，这个群体中许多人都送子女去了美国读书，在美国上大学的中国留学生数量已经超过了50万。到美国上大学可以避免参加可怕的高考，还有机会了解另一种教育体系。另外，中国人普遍存在一种对美国的向往。这也解释了为什么还有很多中国人去欧洲、亚洲其他国家，还有像阿根廷这种显然没法如中国那样提供进步空间的国家读书。有种说法是，富人把孩子送到美国，普通人让孩子留在中国上大学，还有一些没有那么多资源在社会参与晋升竞争的人，则会把孩子送到其他国家。他们走的路不同，但目标是一样的，那就是尽可能走得更高、更远。

棕色笔记本

——— 一门神圣的语言 ———

我尽可能不参加旅游团。我更喜欢想去哪里就开始规划路线，这样能分配好自己的时间。另外，我这次旅行预算也比较紧张。我每天都会数一遍钱，计划好用到最后一天，参加旅游团的话，钱肯定不够用。我还要补充一点：我喜欢通过询问、被别人建议或陪伴的方式到达一个地方，总之，就是要跟当地人多接触。要是迷路了，我也不担心，这样正好可以多跟当地人接触、认识他们。我已经有过迷路时交朋友的经历。迷路时认识的人通常会让人觉得分外温暖，因为你会感受到团结的力量，这里面包括良好的素养、热情好客的品质、互相理解的渴望，还有人与人之间的信任。

我准备去参观兵马俑博物馆。我先去了一个公交车起始站。我到了那附近，一时没找到车站。原来车站不在我在纸质地图上标注的地方。我本来已经不用纸质地图了，但我之所以带着这张地图，是因为别人给了我这张图，说能帮我找路。于是，我开始问人。问人的过程并没有想象中那么容易，但我却享受这整个过程。

　　路上没什么人，我走了几圈，一无所获。在一扇玻璃窗后，我看到某家公司的保安。我示意他打开窗，他很友善地开了窗。我用汉语跟他说"我想去这里"，并在地图上指着一个点。

　　他开始跟我讲话。

　　我跟他说，我不懂中文。我给他看地图，又指给他看那个点，用手势告诉他，我不知道这个点具体在哪里。

　　他又开始跟我讲话，没怎么看地图。

　　我又给他看地图，希望他能告诉我，应该往这个方向走还是那个方向走。

　　他还是继续跟我说话，我一次又一次地跟他说，我听不懂。

　　一开始，我以为他可能理解力有问题，但他睁得大大的眼睛否认了我的判断。然后我想，他或许不懂得用手势传达，他只会用语言来表达。

　　这时，有个想法像阵波浪一样冲向我的脑海。在西方，我们注意到，许多中国人说话时面无表情，在我们看来，他们总是冷静地面对任何事情。不管发生什么，他们都不会表现出高兴、担心、生气。也许这其中存在某种道德因素。也许正确的做法就是不向他人袒露自己的想法，因为一旦袒露，一来会徒增别人的烦恼，二来也会使自己审慎失衡。不讲分寸的话，任何主观表现不仅会让人不悦，并且也没什么好处。

　　正如我们认为中国人都面无表情一样，在西方，我们还注意到了东方女性的羞怯，这跟西方某种倾向正好相反。有一点是相通的，不管在中国人还是在我们看来，一个化浓妆、嘴唇通红、穿紧身连衣裙展现身体曲线的女性往往容易被认为是妓女。

　　我也理解了，为什么我在中国时，孩子们总喜欢盯着我看。站在孩子的角度，他们本来看到的都是言行举止适度的正常人，而这时我突然出现，像橡胶脸的小丑一样对他们做鬼脸……

　　此外，语言在中国似乎拥有更重要的地位。从最初刻在龟壳兽骨上的甲骨文，到后来写在纸上的汉字都能体现出汉语的独特体系，这使得汉语可以一直流传。

因此，中国人擅长用语言，而不是用手、脸甚至眼睛来表达自我，也就毫不奇怪了。如何运用声音和肢体语言，取决于当事人罢了。

社交分享

巴布罗·马科夫斯基： 兵马俑呢？比森特特别喜欢你带来的那些洋娃娃。

古斯塔沃·伍： 早起的人们，早上好。我在西安，现在这里已经是晚上了，外面在下雨。今天我当了回

纯粹的游客，去了兵马俑博物馆，都说去西安就不能不去看兵马俑。

玛丽拉·曼西亚特拉： 西安的雨夜，听起来真美啊！

安赫莱斯·阿斯卡苏比： 感觉像电影画面。

玛丽拉·曼西亚特拉： 我正在看兵马俑的照片。这是我所看到过最接近博尔赫斯现实世界的东西了。

古斯塔沃·伍： 跟博尔赫斯有什么关系？

玛丽拉·曼西亚特拉： 我不记得是他的哪篇文章，他在里面说到一张跟现实世界一样大的地图，就像是世界的一张复制品，但同时也代表着世界。

伊琳娜·伍： 早上好。应该是博尔赫斯的《特隆、乌克巴尔、奥比斯·特蒂乌斯》，说的是某个人有本百科全书，里面描述的是一个跟现实世界一样的虚构世界。

玛丽拉·曼西亚特拉：就是那个！那些兵马俑都是用黏土做的真实存在过的人。

古斯塔沃·伍：每个兵马俑都是一件艺术品，放在一起就是独特的大合奏。

巴布罗·马科夫斯基：比森特看到照片后特别兴奋，说："跟真的一样！"

雷娜塔·M.帕拉：真是神奇的地方！每个兵马俑长得都不一样，每个都独一无二。我在想，我妈妈有个专门做陶瓷的窑炉，非常大，但她只做做杯子、碟子，真不知道要做这些兵马俑，需要多大的窑炉。

古斯塔沃·伍：是的。你记不记得里卡多·皮格利亚对博尔赫斯的评价？我们一起在电视上看的。他说，从那个故事可以看到博尔赫斯建构的一种文学，虚构的世界正在影响甚至侵蚀现实世界。皮格利亚还说，博尔赫斯的天才在于他创作的过程就是文学本身。

玛丽拉·曼西亚特拉：你是说，兵马俑就像侵蚀现实的虚构世界？

古斯塔沃·伍：也许吧，不是吗？皮格利亚还提到保罗·瓦莱里的观点，单用武力不足以统治天下，必须要用符号和想象力加以辅助。兵马俑是一个传说，有它虚构的一面，象征着一种可能会回归的权力。

💡 与记忆对话

——— 受保护的旅行者 ———

——我在旅行甚至在生活中，总有贵人相助。

——你怎么做到的呢？

——跟人打交道时，我会充分传递自己的活力、激发别人的想象力和热情，我会全心全意地付出，我真诚又脆弱，这是我天生的性格。

——你很了解自己。

——不过，在现实生活中，我只是觉得自己很幸运。我没觉得自己为了让别人接受我、照顾我、喜欢跟我在一起、送给我一些东西而做很多事情。

——那你失败了会怎么样？

——我会觉得自己像个孤儿。

——那你怎么调整自己？

——我会像一个刚从洞穴里跑出来，用余光看到猎鹰正要扑上来的兔子一样胆怯。

——你会改变吗？

——不会，我会像溺水者一样绝望挣扎，去得到自己想要的东西。我去兵马俑博物馆那天，就觉得非常无助。之前别人指给我该怎么去，但说得不太明白。我必须走出自己的舒适区，来独自面对困难。我觉得自己已经从眼梢看到了猎鹰的影子。之前别人告诉我的信息都没起到作用。我从一辆公交车上下来，要去找另一辆车的停靠站，但怎么也找不到。天一直下雨，手机网络也断了，我觉得自己进也不是退也不是。我问了一个人，他很友善，但我问他怎么去那里，他没法指给我看，还一直跟我说话，我听得有些疲倦。我给他看地图，希望他能用手指给我指出来，但他一直跟我说话，好像还在问我问题。我跟他告别后继续在街上走，走到另一条街、另一条巷子、另一条大路，还是一无所获。我看到三个年轻女孩蜷缩着坐在一个很小的地方。我走近她们，她们跟我说"五"。我想问她们怎么去公交车站，但她们只是热情地冲我微笑，反复说"五"。我用汉语跟她们说"谢谢"，就继续前进了。

——— 在城墙上唱歌 ———

——离开西安的前一天晚上，我和马丘卡、他的那位阿根廷朋友和即将成为牧师的西班牙人一起散步，还有几个学西班牙语的女大学生追上我们，说想跟外国人练口语。于是，我们一起去了西安古城墙。

——这是为了保护旧都建造起来的城墙，建于明朝时期，是中国现存最完整的城墙。

——如今，城墙依然在那里。我们是黄昏时到的，眼看着就要天

黑，还像要下雨。我们迈着轻快的脚步，唱着西班牙文歌，眼看着夜幕渐渐降临。城墙大约有 15 米宽，总共 14 公里长，我们本想租自行车的，但怕下雨天石路会湿滑，只走了一小段路。

——— 无家可归的人 ———

——你在中国见过流落街头的人吗？

——见过，我去西安火车站准备坐火车去北京时，看到过四个男人在地上睡觉，还有一个大胡子男青年在吃饭，有个年纪稍大的男人，身旁有一对拐杖靠在墙上，还有些人盖着毯子坐着。

——但这也不算流落街头吧？如果是在火车站，可能是一些等着出发的穷人。

——可能是。我还看到几个人，在 24 小时营业的麦当劳里待着，似乎无家可归。还有一些人在公交车站睡觉。

——好像有不少人啊。

——不，不多。也许实际上就是很少。我走遍了整个中国，看到过穷人，但不像我在拉丁美洲看到的那种贫穷，那简直是一种刑罚。可能中国也有那样的贫穷，但我没看到。我听说，从 1978 年以来，中国政府已经帮助 7 亿多人摆脱了贫困，而且计划彻底消除贫困。作为世界上人口最多的国家，中国如果能脱贫，可以说是人类历史上的一大奇迹，同时也毫无疑问地证明了，社会主义的政治经济模式要优于资本主义的。

我现在正在去北京的路上，中国之大即将呈现在我眼前，让我感觉到当下的渺小。

我坐的是普通列车，火车上，我有些伤感，可能是因为我想念家乡了，当然也因为潜意识里开始犯懒了。然而，一次又一次，我又重新充满期待，想看看我在中国首都会有怎样的经历。

📓 棕色笔记本

——— 习惯的危险性 ———

中国，字面上看就是"中心"加上"国家"。但"中心的国家"和"中心国家"和"正中国家"不是一回事。

我们要怎么翻译"国家"？

又要怎么翻译"中心"？

如果不区分"中国"的含义，我们可能无法读懂中国。

我离开家已有 39 天。也就是说，我已经跟自己熟悉的生活分离了一个多月。这次旅行也算是我和自己熟悉的生活之间的斗争，渴望回归熟悉生活的惯性总想侵占、破坏我的生活。

火车是凌晨 2 时 21 分从西安火车站出发的。这是我见过的典型中国火车站的样子：漆黑、脏乱、半废弃的模样，挤满了无事可做的乘客。在火车上，我做了个噩梦，梦见人分成普通人和植物人两种。普通人希望自己生活有意义，植物人已经找到了生活的意义，意义来自某种权威的支配。他们习惯性地害怕上司和罪犯，他们努力挣钱，看收视率最高的电视节目，拒绝一切计划之外的事。诗人安东尼奥·马查多曾浪漫地描写他们，"他们说，自己是好人，工作、生活、做梦。某一天，跟许多人一样，他们在地下安息"。对我来说，植物人式的生活是毒药，是恶魔，是社会失败的最大体现。

💡 与记忆对话

——— 永远提前一步 ———

——中国人生活很苦。儿童、青少年处于成长期，还有作为独生子女，都要承受满足父母愿望的巨大压力；成年后的年轻人要努力赚钱、发展事业；成家后，要为孩子投资，等待回报，同时要照顾自己的家庭和双方父母。父母要么为子女带来负担，要么就可能过着不太体面的生活。

——听起来很恐怖。

——很艰难。学习、学习、学习，工作、工作、工作，服从父母，艰苦挣扎。中国人要参加大学入学考试，也就是高考，所有人都想得高分、进好学校、顺利毕业，因为一旦错过这班"火车"，就要被甩在"铁轨"外。

——也就是说，参加这个考试只是为了参与竞争。

——这种考试拥有悠久的历史基础。古代，要到朝廷工作，就要参加一种比高考还难的考试。参加考试的人要熟记、解释大量书籍，比如《易经》、各种历史书、诗歌等"基础书"。他们还必须写好书法。有人一辈子一直参加这个考试。高考是那种考试的"继承人"，是一种要么干掉别人，要么自己被干掉的残酷竞争。

——但这是一种只面向精英阶层的，还是面向所有人的考试？

——所有人！20世纪80年代末，中国开始强力推动工业化，大批人从农村来到城市打工。正是这样，中国经济才能在将近30年里保持近10%的年增长速度，如今中国人的工资不再低得荒唐，工作条件也越来越好。有些人可能还在工厂里，但还有很多人已经开始从事不同职业、获得更好的待遇。这些人也不会觉得自己的事业已经到顶峰，他们还想继续前进。

——他们还想跟别人竞争。

——当然，竞争是残酷的。

——但为什么那么沉迷于竞争？年轻人也都这么竞争？

——所有人。有外因，也有内因。比如，一个九岁的孩子，可能有跳蹦床或打网球的潜力，父母就会带他去某个训练营，挖掘这种潜力。当然，中国人的纪律性跟西方人相比简直惊人，但另外，孩子们内心也有无限动力，大家都想赢赢赢。

——比阿根廷人厉害。

——的确是的。一部分阿根廷人可以算是英勇奋斗，但总体来说，大部分阿根廷人没有那种冲劲。

——那是怎样的冲劲？他们为什么会这样？为什么中国人超市开得

比谁都早、关得比谁都晚，连周末和节假日都在营业？

——还有另一种现象，就是移民生活现象。移民到美国的阿根廷人也会一天工作 14 个小时，干一份永远不会在阿根廷做的工作，也许还跟其他五个人住在一个小房间里，什么钱都舍不得花。相比之下，中国移民身上还有一些其他特点。我可以列举出两点，一"推"一"拉"。推力来自饥饿的威胁。想象一下，一个 30 岁的中国人，他的祖父母那一代经历过饥饿，甚至有人饿死，对饥饿的恐惧依然存在。另一方面，中国人极其追求进步，他们无法遏制对进步的渴望，他们可以为了进步做任何事，而且不光在工作领域，还比如在找配偶时。我问过一些 27—33 岁的年轻人，他们父母是否会帮他们挑选伴侣，他们会大笑，说那是他们高祖父年代的事了，现在他们完全自由。然而，对于是否同意他 / 她找某位配偶，父母的话依然很有分量。我认识一位母亲，威胁她儿子，要是他跟他当时的女朋友结婚，她就自杀。因为女方家人未来会非常依赖这个女孩，这样她就无法全身心照顾自己小家，让丈夫去拼搏事业了。

——压力也太大了。

——确实如此。所以中国人到阿根廷后，会感到一种前所未有的轻松。他们发现人们总说："你还想要什么？也就这样了。"然后会觉得有些迷茫。他们发现，阿根廷人不会为了多挣一点钱、多进步一点而拼命。习惯了打拼的中国移民一时无法适应，这跟他们之前的生活经验不同。他们存起每一分钱，从不度假，不买新衣服或任何多余的东西，把自己孩子送到最好的学校，要求他们认真学习，只要孩子好好学习，他们什么都愿意付出。不过，还有一些中国移民已经被阿根廷人的生活态度影响，他们明白，努力工作的目的是过平静的生活，不需要那么多贪婪，而是应该花更多的时间跟朋友相处、聊天，多睡觉。

——我们对生活的期望非常不同。

——我们抱怨自己得不到想要的东西，但我们也没有那么贪心。因为我们已经习惯了，所谓的工作就是把牛放到地里，把它们散养，隔段时间再去捕杀它们。我们也习惯了，所谓的耕地就是把种子撒在土壤里，让植物自己成长，你不需要照看，到收割时节再去收割。我们的思维是，所有工作都可以简化为撒种子、浇水、收获果实。但那不是工作，那是有什么就靠什么活着。

——打扰下，但我不同意你的观点。总有人说，阿根廷人几乎不工作。但我看到，大多数阿根廷人每天工作好几个小时。我真的不认为，阿根廷人工作时间比中国人少。

——是的，那只是刻板印象，但两者放在一起可以形成对比，也可以看出或多或少的共同特征。

📋 棕色笔记本

——— 你看清楚 ———

在《力量的传奇》里，巫师唐·胡安命令弟子卡洛斯仔细观察，不要遗漏任何细节。卡洛斯不知不觉被引到一个地方，没有察觉到任何特别之处。他没听师父的话，还一次又一次地问师父，他们在那里做

什么。唐·胡安要求他克制好奇心，认真看，因为他看到的一切都是专门为他设置的。没人，就连唐·胡安本人都无法预知弟子将会面临什么。

再过几个小时，我就要到北京了。我已经离家将近一个半月了，最近几天，我的老习惯开始再次出现。我开始暴饮暴食，失去了 360 度全方位感知的能力。我开始不再对经历的事物感到惊奇，不再用心感受我看到的每件小事、认识的每个人、听到的每种声音、吃过的每顿饭，不再把这一切当作引人入胜又无法重复的经历去珍惜。

快到北京时，这讨厌的惰性又出现了。

火车到了北京，我穿过一道偏僻的、黑暗的门，走过长长的、陡峭的斜坡。我到的时候，浑身闷臭，身上还有划伤的痕迹，头发长长的，双手苍老，兜里还有几根火柴和一个用来喝东西的罐子。

别人都光鲜亮丽、兴致勃勃地走出车站，只有我，无精打采。

我的惰性上来了。我希望，北京可以把我这惰性带走。

社交分享

> **巴布罗·马科夫斯基**：你就留在那里吧，古斯塔沃。我们投票表决，到目前为止，反对派多赢两票。
>
> **伊琳娜·伍**：我建议，我们都跟我家老头一起去中国。
>
> **埃莱娜·马科夫斯基**：我们已经去过中国了。
>
> **古斯塔沃·伍**：我简直不敢相信。
>
> **安赫莱斯·阿斯卡苏比**：我们跟你们一起去。

与记忆对话

—— 社区 ——

——火车坐得怎么样？

——我在 3 号车厢，11 排，一层。

——"一层"的意思是下铺？

——是的。上面两人一个是大学生，穿着红色长筒袜，另一个是穆斯林，身材魁梧，差点超出了铺位的承受能力。他爬上爬下特别费劲，而且一爬，大家都跟着受罪。他就是这样把中铺那个纤细、漂亮姑娘的女儿的夹克碰到了地上。另一个中铺上是一个爱漂亮的女人，一大早就开始梳洗打扮。我对面的下铺是一个老妇人和她儿子。她儿子的床铺在附近，但他只是偶尔去休息一会儿，大多数时候都跟他母亲待在一起，母亲 74 岁，他 52 岁。他俩一直都没怎么说话，她只是偶尔眨眨眼，而他要么吃饭，要么看手机。

——你跟谁聊天了？

——我没有建立对话的动力，就逗了一会儿中铺姑娘的那个孩子，问了下那个大学生我们几点到北京。他告诉我，下午 2 点 49 分。火车已经开了 10 个小时了，还剩下 2 小时 29 分。

棕色笔记本

——学习方式——

假如我教别人汉语，首先，我会鼓励学生，而不是手上拿根小棍子，每次他们发音错误时，就拿小棍子敲他的嘴。

注意，接下来我会说得比较夸张。我经常描述得很夸张，特别是关于一些能唤醒我敏感神经的话题。有的人特别高、红头发、特别聪明，而我天生就特别敏感。在我的国家，说一个人"过于敏感"，一般是要指出他的缺点或责备他的态度。这难道不奇怪吗？敏感是一项重要能力，超级敏感应当被视为一种天赋来对待。

言归正传。

如果我来教汉语，我会捕捉到每个学生的长处，鼓励他们在长处发力，这样能更好地克服学习中出现的其他困难。他可能还会有错误，但大家讲母语的时候不也一样犯错误吗？

假如让我来设计汉语教科书，我会减少语言学的内容，增加练习的内容。

我在西安外国语大学做讲座时说，中国开始向外国开放后，第一阶段是向外国展示自己，预计下一个阶段是与外国对话。等中国过了只展示自己想展示的内容的阶段后，就应该去问对方到底想要了解什么。中国应当在对方感兴趣的领域里展示自己想要展示的东西。

中国知道，西方人对古典的中国很感兴趣。这种观察非常正确，但也很基础。我不认为，中国文化里包含一种寻找他人感兴趣的东西的渴望。或许应该更好地定义什么是"他人"。比如在交通中，驾驶汽车、摩托车、自行车和走路的人总是能非常敏锐地察觉到他人的意图。

另一方面，我没发现，中国人愿意倾听拉美人说说他们对中国的什么感兴趣。

难道说，中国依然高傲地认为，不及它的国家对它的兴趣就没有意义？

可以说，目前，中国和拉美国家的文化联系以汉语教学为主导，而这里的汉语教学使用的是中式教学法，也就是说，学生必须抑制自己的主观性，要做到完美、无态度、像海绵吸水一样。我认识一个在中国待了将近两年的阿根廷人。我问他关于一个问题的看法，他竟然有点困惑，很难给出一个答案。这样的情况发生过好几次。我们得出的结论是，他正在学习如何抑制自己表达对事物的主观意见。

我想，我跟很多西方人一样，遇到过同样的困惑，即中国学生们不爱提问。这会让我觉得，他们没有消化知识，也就是说，没有及时加工、处理或吸收。他们只是把别人给他们的知识一五一十地收纳了进来。他们在学习过程中没有留出表达意见或评论的空间，更别说提问了。而老师在教学过程中似乎也不需要学生反馈，只需要他们把知识吞下去。我的整体印象是，学生没有发挥自己的判断、兴趣、想象和热忱的空间。

💡 与记忆对话

——— 一个干净的地方 ———

——火车上混合了食物、香烟、卫生间的味道。

——很脏吗？

——不，很干净。问题是，中国人坐火车不光是为了去目的地，他们在家干吗，在火车上就干吗。在布宜诺斯艾利斯、巴塞罗那、那不勒斯的中国移民和中国游客也都是这样。他们在世界各地的行为习惯已成为世界文化的组成部分。

——他们不会改变。

——就这样吧，还是让我们来适应一下吧。比如我得经常坐在床上，好给上铺的那位穆斯林腾出地方，比如我得习惯我隔壁老妇人给她自己和儿子做好的浓汤的味道。

——但你说了，火车很干净。

——是很干净，虽然有人可能认为，卫生条件跟乘客丰富的集体生活不算匹配。八个人，其中还包括一个老人和一个孩子，一起生活在几立方米的空间里。列车员会拿着垃圾袋走过来，让我们把自己的垃圾扔进去，同时还会发号施令，把这个放到哪里，把那个放到哪里，甚至还会问老妇人，她那树皮一样干燥的小手拽着的袋子里有没有要扔的垃坂。过一会儿，另一名列车员拿着扫把过来打扫，叫大家提起自己的鞋子，方便她做好清洁工作。

——看来工作人员在集体生活中的参与度还挺高。

——公共交通工具上，会有提示牌提醒大家给老人和孕妇让座、不乱扔烟头和垃圾、先下后上，路上有交通信号灯、警察，所有这些都是为了维护良好的社会秩序。

棕色笔记本

——— 灰色的一天 ———

我在这趟旅行中没有拍照，因为我没看到什么能激起我兴趣的事物。

到北京之前，火车一直在平原上行驶。

我只看到一片片田地，分成一些小块，种着各种农作物，还路过许多村庄。

后面几个小时，我们一直经过城乡接合的地方。

田地、城市和基础设施之间似乎没有经过严格规划，更像是悠长历史自然保留的结果。除了各地崭新的高楼，其他地方显得有些破旧。

那是灰蒙蒙的一天。

可能是因为我在中国待得有些久了，所以没注意到什么特别的事物。

另外，我心里还想着阿根廷大选结果，心里不是滋味，担心回去后，看到自己的国家比我离开时糟糕。阿根廷改变政治路线，会影响我孩子的未来，也会影响这次旅行的意义。

我期待在北京能经历一些事。

我们已经到北京郊区了。

火车正向北京市区驶去。北京积聚了地球上最强大的发展动力。北京这座城市的人口相当于我们整个国家的人口。

我到北京了，带着两套还带有旅馆味道和新疆尘土的换洗衣服，还有我节省下来的钱。

我听说，在北京，人们抢着去买最新款的路易·威登皮夹，抢着坐出租车，甚至抢着买烟，还听说，这里人不是特别喜欢外国人。让我们走着瞧吧。

社交分享

埃莱娜·马科夫斯基：干爸好。

古斯塔沃·伍：干女儿。

埃莱娜·马科夫斯基：我想发给你看我刚读到的沃尔特·本杰明写的东西。

古斯塔沃·伍：是我们的朋友沃尔特啊。

埃莱娜·马科夫斯基：我觉得这能帮助你记录中国之行。他写道，克莱有一幅画叫《新天使》。画上有一个天使，看上去正由着它注视的事物离去。它凝视前方，长着嘴巴，挥舞着翅膀。人们就是这样描写历史天使的。它把脸转向过去。在我们看到一连串密码的地方，它看到的是一场灾难，灾难留下堆积的尸骸，被抛弃在它面前。它想停下来唤醒死者，修补破碎的世界。可是从天堂吹来一阵风暴，打乱了它的翅膀，风暴太大，它再也无法合上翅膀。风暴无可抗拒地将它推向它背对着的未来，它面前的残骸越堆越高，直逼天际。这场风暴就是我们所谓的进步。

18 北京

北京竟让我产生一种熟悉感，我有种回到自己家的错觉，每去一个景点，就会觉得自己"验证了早就知道的事"。

我还是采取避免走游客路线的策略，一方面可以跳出条条框框，另一方面可以用不同的方式体验人潮涌动的地方，比如长城、天安门广场、颐和园、天坛、鼓楼、钟楼、奥运村。我没有走马观花地拍照，而是每到一个地方就站在一个角落，观察来往的游客，感受这个地方的灵魂。

我采访了欧占明，他是最了解探戈的中国人。他组织了一场米隆加舞会，让跟我同住酒店的室友表演唱歌。我这位室友是探戈演员，从布宜诺斯艾利斯来，还没有找到演出工作。

去了一趟 798 艺术区后，我开始思考，中国在近 40 年来是如何吸收西方经验的。

棕色笔记本

————— 火车站出站前 —————

我带着矛盾的心情来到北京，觉得自己像进城的"乡下人"一样，可我天生性格矛盾！从火车站出站前，我还经历了一个更复杂的心理过程。

顺便说一句，我在这次旅行中养成了一个习惯，就是抵达火车站、汽车站、机场时，先不着急离开。我得克制自己，因为我会产生一种想逃跑的紧迫感，我也不知道为何会这样。我开始漫不经心地走来走去，熟悉一下环境，了解车站的运作模式。

我慢慢识别出提供交通服务的人、商业场所、候车室、入口处、登机口、警察、自动贩卖机、人们聚集的地方。我观察着人们，谁到了，谁要走，谁在这里工作，谁是铁路工人，谁又是驾驶员、飞行员、空姐。有时我会挑一个吧台坐下来，有时我就随便找一张椅子坐下。我们都大包小包，带有刚被送到目的地的气息，有点警觉，还有点孤单。我非常享受这种过渡状态。我写作最流畅的时候，就是从一个地方到另一个地方的过程中。我喜欢感觉自己在空中、在桥上、在隧道里、在穿越海峡。我是一个生活在间隙中的作家。

事实上，我的家就像一个"非场所"。马克·奥热提出的"非场所"指的是那些以类似设计嵌入各个国家的空间，这些空间不具有当地色彩。马克·奥热还退一步解释了环境如何影响"非场所",不过,假设存在这样的影响,首先要存在"非场所",如加油站、麦当劳、机场等。我 17 岁从美国回到布宜诺斯艾利斯上大学时,经常一个人坐大巴去机场。机场离市区很远,我去那里学习、读书,或不带目的就去了,有时还在那里过夜。当时我的父母还在美国,我觉得机场就像我的家。

好了。我到北京西站了,我注意到这里人的神情都十分轻松自在,或许是自信和轻松、友善的相处方式带来的某种程度的骄傲。我很熟悉这种感觉。我觉得我了解他们。在这次旅行中,我第一次感觉到自己能了解当地人。我问自己,我之所以能理解他们,是因为他们跟西方人交往比较多、受西方影响比较大,也因为他们和我一样都来自一个国家的首都,有一些首都人的共通点。

💬 与记忆对话

——— 跟毛泽东一起 ———

——你在西安时不想去看兵马俑,那现在想去天安门广场吗?

——不是我不想去看,我很想去,但我不想去了那里,拍一堆照片,再赶着挤上旅游大巴,坐到固定座位上,生怕错过下一个景点,然后到了下个景点,还是匆忙看、拍照。在北京时,我想去天安门广场,在那里安静地停留一会儿,留点时间写点东西,或看着夜幕降临。

——你去了吗?

——去了。看到毛泽东的画像,我有一种熟悉的感觉,然后毛泽东本人也让我觉得熟悉了起来。我看着他在马路对面,而我在这边,都在迎接来往的人们。大部分游客都是中国人,他们像被一根绳子捆着一

样成群结队地来参观，每个旅游团前方都有位显眼的女性，手里挥着绿色、橙色、浅蓝色、黄色、深蓝色等各种颜色的小旗子。

社交分享

古斯塔沃·伍：独自旅行的好处是自由，但也确实有些孤独，有时会比较无聊。比如，你得求助好心人给你拍照。尤其是要跟某个纪念碑合照，其他人可能都看厌了，你就只能一个人站在那儿，背着你那伤感的包，向某个善良的人展示空荡荡的微笑，乞求、感谢他给你拍下你傻傻的模样。

伊琳娜·伍：是有点……

古斯塔沃·伍：小孩拍了这样的照片可以乐和整个旅行，但如果是个父亲，实在有点丢人。

玛塞拉·费尔南德斯·维达尔：古斯塔沃，我在看你和内斯托尔的合影。你长得越来越像中国人了，你爸爸的基因越来越凸显了。

古斯塔沃·伍：玛塞拉，我在这里还真可以伪装成他们！

伊琳娜·伍：你看你，不光跟纪念碑合影，还有一群女学生陪着你。你永远不会孤单。

古斯塔沃·伍：这就像在一场选举活动里，一个政党提出感性的宣传语"不再孤单"，而它对手的宣传语是"感谢上帝，才能孤单"。

社交分享

古斯塔沃·伍：加斯东，看我在这张照片里穿的是什么衣服？

加斯东·拉斐尔·佩雷斯·伍：1994 年世界杯阿根廷国家队的衣服。你在哪里？

古斯塔沃·伍：在一个名为 ICCIE（中国北京国际文化创意产业博览会）里的阿根廷展台。

加斯东·拉斐尔·佩雷斯·伍：这博览会涉及什么方面？

古斯塔沃·伍：文化产业。

保利娜·佩雷斯·伍：你在哪里搞到的 T 恤？

古斯塔沃·伍：是我朋友恩里克带来的，他一会儿要在展台表演探戈。他是博卡青年竞技俱乐部的，也是庇隆主义者，是他把 T 恤带来的，我早该把它偷了。

保利娜·佩雷斯·伍：哈哈哈哈哈！那件 T 恤加斯东穿过，他穿着有点小，但他不肯送我。

加斯东·拉斐尔·佩雷斯·伍：T恤是我的。

保利娜·佩雷斯·伍：奶奶说，你现在应该想回国了。

古斯塔沃·伍：她说我想回国，就因为我穿上了阿根廷图案的T恤？话说我看了大选结果，都不想回去了。

保利娜·佩雷斯·伍：她说，你肯定想家了，因为你离开很久了。

古斯塔沃·伍：我很想见你们，但我不知道我有多想回去。

伊琳娜·伍：或许是因为她想他了。

保利娜·佩雷斯·伍：糟糕。他妈妈很想他。

伊琳娜·伍：爸爸，还是我们去找你吧。

巴布罗·马科夫斯基：我看了你们的对话，我想说，首先，什么是去，什么是回；第二，来来去去那么麻烦。不过你还是回来吧，回来跟我们一起受苦。该死的！

古斯塔沃·伍：我在想，离开中国后，我想做这几件事：一，我想上绘画课，三个月的那种，最好是跟一位大师学。二，我想好好研究"丝绸之路"这个话题。三，我想继续和在这里认识的人保持联系。

安赫莱斯·阿斯卡苏比：关于"丝绸之路"，建议你看萨义德的两本书：《文化与帝国主义》和《东方学》。

巴布罗·马科夫斯基：我早跟你说了，去中国前要看萨义德的书。

古斯塔沃·伍：我们要多关注"丝绸之路"这个话题。维吾尔族的独特相貌就跟丝绸之路有关。在我看来，丝绸之路是"人类的摇篮"之一，不了解丝绸之路，就好像不了解自己一样。

玛丽拉·曼西亚特拉：你说的第三点又让我晕了。

古斯塔沃·伍：前两点属于未来，第三点让人眩晕，是因为我一辈子再也见不到这些人了。这对我来说，就像眼睁睁看着死亡的到来一样。

安赫莱斯·阿斯卡苏比：新闻里刚说，中国要取消独生子女政策了。

古斯塔沃·伍：我没法在天安门自由活动，因为政治局正在开会。也就是说，在我跟毛泽东自拍"合照"的时候，距离我几百米远的地方，人们正在为地球上人口最多的国家做出某个历史性决定！

安赫莱斯·阿斯卡苏比：是的。

巴布罗·马科夫斯基：哥们儿，这一切都太棒了，聊天结尾时，我们都开始谈论未来和死亡了，太刺激了。

📔 棕色笔记本

———— 探戈 ————

在布宜诺斯艾利斯时，我跟中国女孩莉萨聊了很多。她在广州有一个探戈舞厅。"中国人跳探戈，技术上无可挑剔，但感受不到探戈的精髓。"她说得没错。

卡米洛·桑切斯说："中国人可能是'坏人'，但没有那种'坏劲'。他们可以通过观看探戈来理解我们的'坏劲'，探戈的歌词可以唱出某个坏人做出的让人伤心的事。"

我去拜访了欧占明。他西文名叫"海鸥"（Gaviota），30 岁，是查卡里塔区一家超市老板的儿子。他邀请我去北京西站附近的一家餐厅。

"你喜欢吃中国饺子吗？"他用的是"意大利饺子"（ravioles）这个词，后缀又加上"中国"，好像在说一个很难翻译的东西，就像把包子翻译成"中国馅饼"，把冬瓜翻译成"中国笋瓜"。欧占明能讲一口完美的西班牙语。他在阿根廷生活了九年，包括中学的最后几年，还在布宜诺斯艾利斯大学读了几年社会传播专业。接着他回到中国，在北京，他成为全国研究探戈的权威人士。

他曾翻译诗人、作曲家和探戈历史学家奥拉西奥·费雷雷的一本书，又刚把自己翻译的由阿斯托·皮亚佐拉的女儿迪亚娜为父亲撰写的传记交付人民日报出版社。他还在创作一部小说，故事是一对中国夫妻因探戈而移民阿根廷，妻子跳探戈，丈夫则写了一本关于探戈的书。

"在中国，能跳探戈的地方越来越多了。"他告诉我，"很多中国人喜欢跳探戈。现在国内有14个城市有探戈舞厅，光在北京就有7个。但中国人只是跳，却不能感受探戈的灵魂，因为他们不懂歌词，不明白歌的内容。他们很感兴趣，但很难深入了解，因此我才写这本小说。我翻译的费雷雷的书也许能帮助中国读者了解一点探戈，但书里每一行字都需要给出很多解释。比如说到'卡纳罗'，我得解释他是谁。说到'阿巴斯托'，我得解释它具体在哪里。说到 juná 这样的词，不能单纯翻译为'看''感受'……这样看书太费劲了！所以我决定自己写一本小说，希望可以给跳探戈舞和其他对探戈感兴趣的中国人提供一些探戈的背景，包括它的历史、价值，它出现的社会背景，它包含的情感，等等。"

我问欧占明，关于探戈，什么最难翻译，他表现出很大的兴趣。

"也许都没法翻译出来，但中国人可以感受到它。探戈是对痛苦的表达——不是所有探戈都表达痛苦，但表达痛苦是探戈的重要元素，中国人会觉得很奇怪。阿根廷人为失去爱人、失去母亲、失去从前的幸福而痛苦，那他们怎么释放痛苦呢？他们写作，把文字变成音乐，最后把它跳出来，这才是探戈。而中国人不这么做，他们习惯把痛苦埋藏在心里。如果他是诗人，他可能会写一首诗抒发痛苦。但如果要把痛苦告诉全世界？把撕心裂肺的痛苦以舞蹈的方式表达出来？把心爱的女人变成妓女的故事跳出来？无法想象中国人会这样做，他们绝对不会这样。这是中国文化中完全不存在的东西。但还是有些中国人对这种表达痛苦的奇怪方式感同身受。当一个中国人跳着某支阿根廷人在80年前创作的探戈时，或许他会与自己某些痛苦的经历产生共鸣。"

欧占明聊探戈的样子让我很触动。他坦诚、专注，对探戈如数家珍。他不是在表演，不需要迎合。他只是在我面前说出一些内心反复思考的想法。他每说完一部分内容就会沉默一会儿，直视我的眼睛。我很想给他一个拥抱。我已经把他当作我的朋友了。

　　我跟他说，他的想法非常棒，同时也让我想起一个关于探戈的故事，但这不是发生在 20 世纪 30 年代布宜诺斯艾利斯的故事，主角也不是奥梅罗·埃克斯波西托或卡图洛·卡斯蒂略这样的人物。我要说的是前一晚发生的一件小事，发生在只听摇滚乐的我身上的一件事。

　　在喀什时，我就在"沙发客"上发布消息说，我计划去北京，希望找到合适的住宿地。在从西安到北京的火车上，我收到平台信息提示，一个女孩说她愿意提供自己的房子。她说自己跟男朋友住在一起，如果我有简易帐篷，可以睡在走廊或小储藏室里。我接受了她的邀请。这个女孩是设计师，去过欧洲好几个国家。我看她在"沙发客"上晒的照片，那是一个装饰精美的小公寓，墙上贴着一个女孩和一个男孩在世界各地的合照，两人在照片里笑得很开心，还有些是这个女孩自己在其他国家拍的照片。我猜想，照片里的女孩就是向我发出邀请的人。她很好看，我看着她的照片，有些不知所措。我不敢向心里的自己敞开心扉：一方面，觉得有人带给我浪漫的幻想；另一方面，觉得有人在提醒我，别让自己陷入麻烦。

　　我们开始互发信息，语气不自觉地幽默。你想把女孩追到手吗？别想着成功，放轻松，跟她一起开心笑。我准备坐地铁去她家时，她提醒我，现在是高峰时间。

　　"小心别把自己挤伤了，否则你可能还没坐到我家沙发上，就先去医院了。"

　　"我正在医院呢，都怪一名女士把自己手肘挤到我胰腺里了，医生得把它取出来。"

　　"我知道给你挠耳朵也止不了痒，你现在就在给一个长着女人脸的可怜老头挠耳朵呢。"等我到了她家，我觉得我们已经是老朋友了。

我有过这种经历，跟一个刚认识的人在一起，却有一种心灵相通的感觉。

我进入她的公寓，里面是一个充满设计感的世界，我们像黄昏时聚到树枝上的麻雀一样开始聊天。我们跳过了正式的互相介绍，她就像问亲哥哥一样，问我之前去了哪里旅行。

我边做饭，边跟她讲了我旅途中的见闻：在吐鲁番看到的不可思议的土塔；跟香港姑娘和塞尔维亚小伙一起搭便车；一位女士把她从岩洞里抄下来的一首诗记在掌心里送给我；有个镇子里所有楼房的外墙同时在重修；还有我和卡米洛、他同伴还有一个美国人一起在漓江里游泳，中国游客给我们投硬币的故事。我还告诉她，在这次旅途中，我去了我父亲出生的地方，我还给她听了一条父亲发给我的语音信息。

接着，我们开始谈论她的日常生活，还有她最珍视的东西。

她跟我说起她在伦敦度过的时光，语气充满怀念。

"你想在那里定居吗？"我一边做饭，一边问她。

"不，不，不想定居。但有些经历非常美好，我经常怀念。但我想留在中国，这是我的国家，在这里我不是外国人。我不需要成为别人，我就是我自己。我不知道怎么解释这种感受，在这里，我什么都有，在那里，我就要去拼搏。"

她语气坚定，但她的眼神还有些忧伤。

她心不在焉地看着我切菜，沉默了一会儿，继续说："但我在那里拥有一些在这里永远也不会拥有的东西。"

"什么东西？"

"很难解释。"

她的眼神依然迷茫。也许她在找合适的英文词表达她的感受，也可能她无法用任何语言来表达。

突然，我感觉到，她非常疲惫。

"在这里，我的生活循规蹈矩，有一个非常明确的方向，我没法摆脱它，不能想到做什么就做什么。但在那里，我很自由。"

"不是所有人都是自由的。"

"当然，我知道。我说的是我自己的经历。我需要的一些东西，在中国，许多人并不需要。他们对自己的现状很满意，他们适应不断进取，工作职位越来越高，自己越来越有声望。但他们不会考虑自己到底想做什么。"这时，她的手机铃响了。

她去接了电话。她开了免提，我有些惊讶。对方是个男人。他们用汉语说了一会儿。

我注意到她纤长白净的手指，像象牙一样，非常有女人味，很好看。她的肩膀也很漂亮，还有她的脸、她的嘴。我不禁想，要经过几千年的文化才能孕育出如此精致、优雅的女人。

她声音自然柔和，回答时不会让人有压迫感。电话那头的男人一定觉得自己受到了优待。

她挂了电话，继续跟我聊天。

"我很矛盾，这也让我很疲倦。但这就是我的生活，我想做些其他事，但我的生活容不下那些事。在欧洲时，我经常在'沙发客'上找房，交朋友，但在中国并不容易。"我们坐到两把扶手椅上，一把紫红色，一把是某种热带鸟一样的五颜六色。我们面对面，离得很近。我不知道该把脚放在哪里。从接了那通电话后，她就有意避开我的目光。

"很多人都慷慨地接待我住他们家。"我说，"你也邀请了我，我才能来这里。"

"我知道，但这对我来说并不容易，在这里，中国……"她的手机又响了。她挂断了电话。我问她关于男朋友的事，我原以为我到这里时，也能见到她男朋友。

"我们这两天不太顺利。我们分了手，又和好了。昨天又吵了一架，但今天又好了。我刚刚就在跟他通电话。"

我不知道该说些什么。我问："你把这段关系看成普通恋爱，还是有结婚打算？"

"我们有结婚打算，准备在一起一辈子。你看，我跟你说了，我很矛盾。"

"打断一下。"我说，"你前面说，你没有做自己想做的事，但你以前在欧洲有过沙发客的经历，现在你拥有这么漂亮的房子，这里装饰的所有细节、色彩、角落、光线都是你设计的，你还决定邀请我来，我也来了，跟你分享我的生活，你也把我的个人经历当小说一样听。那么，你真的像你所说的，过着身不由己的生活吗？"

"我偶尔会做疯狂的事。我有时候会像兔子一样跳出我原本走的路。但过一会儿，我还是会回去。我不知道我想不想跟我男朋友继续下去。我觉得，我从没爱过他。"

她站起来，走到厨房。我看着她的身影，高挑、慵懒、非常瘦弱，她动作缓慢，若有所思。

她端来两杯茶，给我一杯。

"你知道吗，我没跟我男朋友说，你住这里。我不知道要怎么跟他说。"

"为什么你们不一起去欧洲旅行呢？"

"当时我们还没在一起，而且他不喜欢那样旅行。他是另一种风格的人，他不喜欢我这么做。"

聊天很难进行下去，因为她手机一直在响。但她就继续这样跟我、跟她男朋友同时说着，声音是那么轻柔、平静，就像夜晚的森林一样。

而她男朋友的声音开始越来越不耐烦。

"我跟他说了，你在这儿。"她停了一下说道。

接着，是新一轮电话。她男朋友说话声音越来越响，她退到自己房间里说话。

她再回来时，脸色有些苍白。她向我道歉，我说，没关系，我可以理解她，也可以理解她男朋友。

又是一个来电，她再次走开，过了一会儿又朝我这里走来，伸着胳膊把她手机递给我，问我愿不愿意跟她男朋友说两句。

"当然。"我说，然后接起电话。

她男朋友出现在手机屏幕上。我冲他笑了笑。他就是她在"沙发客"上晒的照片上的男孩，长得很英俊，但神情冷漠。他给我回应了一个微笑，问我在中国过得怎么样，还有一些其他客套话，就没再说别的。

她感谢我愿意接电话。

我们继续聊天，已经想不起说到了哪里，但聊天再次被打断了。

在某个间隙，我跟她说，我不想给他们制造麻烦，准备先走。

"不，别走。这和你无关，这是我男朋友和我之间的事。我不希望你走。"

接着，她又问我："我怎么办？他说他不能接受我跟一个陌生男人单独待在家里。但他这么说不是为了我，他只是为了他自己，还有他父母的看法。那我怎么办？我对他来说不重要。如果重要，他就应该尊重我喜欢的生活。而如果他不喜欢我的生活方式，那我们就分手好了。"

我没有回答。

她又开始讲电话。挂断后，她站在我面前，沉默了一会儿。

终于，她说："我男朋友现在过来。我不希望他做出什么伤害你的事。"

"行。我也不想伤害他，也不希望我们三人有什么不愉快。"

"拜托，你留下来吧！"

"我很感谢你，但我认为，你得自己，或跟你男朋友一起解决这些问题。"

"不！不！不！"

"你很漂亮，也很坦诚，我真的很理解你，但如果我把自己放在你男朋友的位置，我也很理解他。但我不希望别人伤害我，我也不想伤害别人，我不想发生什么丑闻，甚至引来警察的注意。"

"我受不了，我的生活一团糟。拜托，帮帮我。"

"你会走出来的。但我想你需要时间，需要比我在北京停留的时间更长，除非你瞬间爱上我，然后跟我一起回阿根廷。"

说着，我穿上外套准备走，她则一直低着头。

她的手机一直在响，但她没接。

"我陪你去附近一家酒店吧。"她说。

我们走了几条街。她住的地方周围真漂亮，矮矮的房子，到处是树，还有宽宽的人行道，让我觉得有点像纽约的某个地方。

到了酒店，服务员说我是外国人，不能入住。

已经凌晨两点多了。

我们站在路边，她开始给其他酒店打电话。

天气开始转凉，而我只穿了件薄外套，我开始觉得背有点疼，双脚快冻僵了。

十五分钟，半小时，将近一小时过去了，她还是没找到能住的酒店。我让她帮忙联系青旅，这时候她男朋友到了。

一辆黑色加长版豪华轿车静静地停在几米之外。离司机最远的第三或第四个车门打开了，一位穿着西装的男士迅速朝我们走来。

他走得非常快，假如他要揍我，我都来不及还击。不过，他只是向我伸出一只手，期待我跟他握手。对我来说这没问题。

他的另一只手递给我一张名片，名片上写的是英文，他在一家建筑公司工作。

"她是我的未婚妻。我俩的事跟您无关，我父母……"

我打断他的话，让他无须向我做出任何解释。天气太冷，我只想尽快住下来。他答应，然后走进青旅，不一会儿，就帮我办好了入住手续。

"都办妥了。您可以住在这里，想住几天就几天。"

他再次向我伸出手来。我看了眼那姑娘，她没什么表情。

"欢迎你来布宜诺斯艾利斯玩。"我跟她说，然后转身进了酒店。

社交分享

古斯塔沃·伍：我在中国多了很多室友，睡得跟石头一样沉还爱打呼噜的何塞，挤一张床的卡米洛和老牛，喜欢重金属的埃拉，住在一个公共电话亭一样小的房间的内纳德和埃利塞，还有达里娅。我的新室友叫阿尔弗雷多，我觉得我能跟他成为好朋友。阿尔弗雷多穿着睡衣和长袜出现在我面前，我不想看他。你们也都穿睡衣睡觉吗？

圣地亚哥·帕万：我不穿。穿睡衣不舒服，更别说穿袜子了。

伊琳娜·伍：我讨厌穿睡衣，特别不舒服。

巴布罗·马科夫斯基：睡衣可能是最高尚、最值得尊敬的服饰之一了。或许是没只穿内裤那么舒服，但像古斯塔沃现在碰到的这种情况，穿睡衣主要是为了让另一方舒服，这不就是睡衣存在的意义吗？如果我们把睡衣跟丝绸之路联系在一起，睡衣起源于波斯，我们当然要支持它了。

古斯塔沃·伍：如果某个情景不需要拍照记录，也就没必要体验了。如果一件衣服不是用来作战的，也就没必要穿了。巴布罗，你是睡衣俱乐部的。对你来说，穿睡衣的人都是加德尔。

巴布罗·马科夫斯基：你在家里休息时，穿睡衣有一种仪式感。它不仅是一套服饰，也是一种习惯。

古斯塔沃·伍：得好好看看加德尔跟玛丽、佩姬、贝蒂、茉莉唱歌时穿的丝绸睡衣。

巴布罗·马科夫斯基：这是值得写下来的故事，写的是那些用睡衣征服世界的男人。

古斯塔沃·伍：要是加德尔穿着睡衣可以跟纽约的金发女郎在一起，我该怎么做，才能追到一个北京姑娘？

巴布罗·马科夫斯基：你可以先让她陪你去买件丝绸睡衣。

古斯塔沃·伍：我才知道睡衣是波斯人的发明。我室友穿的睡衣是橙色的，下身像是一条收口的打底裤。上衣袖口也是收口的。收口的地方和衣领都是荧光绿的。

社交分享

古斯塔沃·伍：我跟我在文化创意产业博览会阿根廷展位上认识的同伴，也是我的室友一起去参加了一个舞会。

加比·费拉里：你肯定想起了我们在"教堂"舞厅见到皮蒂·阿尔瓦雷斯那次。

古斯塔沃·伍：那真是一个美好的夜晚，跟弗洛拉和西尔维娅一起去的。昨晚不太一样，是万圣节主题的探戈之夜。

安赫莱斯·阿斯卡苏比：时髦！

古斯塔沃·伍：是一个万圣节晚会。

安赫莱斯·阿斯卡苏比：啊哈哈！！大家都嗨起来！

加比·费拉里：你跟谁一起去的？

古斯塔沃·伍：阿尔弗雷多，我的室友，睡觉穿袜子和睡衣的那位。他还给我看了几张照片，是他和他9岁儿子一起去巴里洛切玩的时候拍的。两人穿着一模一样的睡衣。他是探戈歌手，在这里的一些舞厅表演。

安赫莱斯·阿斯卡苏比：太酷了。

古斯塔沃·伍：舞会上，很多中国姑娘装扮成海盗、新娘、少女水手、僵尸、吸血鬼、钢铁侠、双面人。

安娜·贝伦·鲁斯：哈哈，太酷了，中国"吸血鬼"。

古斯塔沃·伍："吸血鬼"还穿动漫服饰跳《红墨水》。

安娜·贝伦·鲁斯：哇！

玛丽拉·曼西亚特拉：绝了！

莱利娅·甘达拉：你在慢慢发现中国一些不一样的地方。

🔘 与记忆对话

──── 在舞会上 ────

──你怎么会去那次舞会的?

──我去了国际文化创意产业博览会,他们让我在阿根廷展台那儿等一会儿。我在那里认识了阿尔弗雷多,他是过来找表演机会的,他唱探戈。他知道我去了中国好几个地方,就问我怎么看探戈在北京的发展。我跟他说,我不清楚情况,而且我也不懂探戈,但我去问了欧占明,就是那个最懂探戈的中国人。欧占明帮了很大忙,立即找到一个舞厅,让阿尔弗雷多去表演,那个舞厅叫"阿根廷探戈舞者"。

──一个专门跳探戈的舞厅,但有个英文名字。

──没错。

──探戈是西方的,西方都说英语。

——是的，西方的，或者说是国际的，不是吗？

——我们去的那天正好是万圣节，把探戈和万圣节放在一起，非常有意思。在阿根廷，皮亚佐拉因为企图破坏探戈的纯洁性几乎被业内排斥，人们认为他的失礼不可原谅。我觉得，欧占明看到那些舞者装扮成万圣节人物的样子，心里也会不太舒服。

——欧占明帮你们找了地方，还去参加了舞会？

——是的，他在那里受到了很高的礼遇，看起来像部长到访一样。他还走到演奏的地方，那里的男孩马上给他腾出了位置（从那一刻起，现场的探戈音乐明显好听了很多）。也是他把阿尔弗雷多介绍给观众的，后来他还邀请了舞厅的老板娘一起跳舞。他是个真诚的人，要知道，他小时候得过脑瘫，所以行动有些不便。但他跳舞跳得特别好，你看着他跳舞，完全不会想到他的身体局限，因为在他的舞步里，你可以看到探戈的灵魂，原始、高贵、无瑕。他跟舞伴在舞池里跳起来，我看得非常投入。

社交分享

古斯塔沃·伍：没去过王府井，就不算来过北京，王府井相当于佛罗里达街。而如果没给蝎子串、海星串拍照片，就不算去过王府井。是真的蝎子和海星，有的还是活的。但我觉得它们只是装饰，就像某个烧烤店里挂着牛眼、牛耳，还有牛尾上的长毛，但没人会吃。

巴布罗·马科夫斯基：这就像把处于不同食物链的生物放到一起，不是吗？我们这里不会公开这么做的。我在想，这样的文化怎么能跟万圣节放到一起，这样的组合是很好，但如果不是拍约翰·卡彭特和山姆·雷米的电影，总觉得逻辑有些奇怪。

莱利娅·甘达拉：关于蝎子，我得辟谣。这蝎子是用来吃的。一般来说游客会吃，但我也见过本地人会买来吃。话说我在中国读书时，同班同学就吞过一串蝎子。

古斯塔沃·伍：哦……

莱利娅·甘达拉：他还说，吃起来很脆。天啊，还好他活下来了。他还跟别人一起在吉林一家餐厅吃狗肉。

古斯塔沃·伍：我觉得，我在这里待得还不够久。我想回去跟你们一起玩，但现在我需要更深入地感受这里的生活。在阿根廷有维维安娜和索朗热，她俩还开了一家叫"我太想念中国了"的公司。在西安有马丘卡，整天说中国"坏话"，但他说自己一回阿根廷，就想回中国，因为"在中国一天发生的事情，在阿根廷需要一年时间"。

巴布罗·马科夫斯基：这是克罗诺斯时间和凯罗丝时间的区别，你将会在你的阿根廷之夜发现你在中国的生活。

古斯塔沃·伍：我正在 798 艺术区。这个艺术区曾经是个废弃的军工厂。开始有几个画家和雕塑家在那里活动，很快这地方就出了名，艺术家都过来了，如今这个社区和这里的艺术家都大名鼎鼎。现在这里正在举行由梅赛德斯－奔驰赞助的时尚周。另外，很多北京最好的艺术品都在 798。

巴布罗·马科夫斯基：我在想，那次我们和比森特一起去 PROA 基金会艺术馆看蔡国强的展览。蔡国强当时说，自己不是中国艺术家。他多么渴望表达自然主义，当然，还有关于中国的故事。

古斯塔沃·伍：在这里欣赏艺术，很难不寻找中国古典艺术跟西方潮流融合或冲撞的痕迹。最开始我以为，只有我这么想，毕竟我也没有其他的观察角度。但等我在 798 待了四个小时后，我发觉，这就是 70 年代以来中国艺术的现实。有个朋友是这么解释中国人对安迪·沃霍尔的喜好的——尽管他的作品浸润了中国人的思想和心灵，但中国人没能理解沃霍尔作品中所传达的东西。有些艺术家继续坚持古典艺术（他们一刻也没放松下来），其他一些人则开始重复他们的主题，直到超越虚无，变成某种表达。艺术就是表达，在 798，你会感受那里的艺术表达就像某个部落的语言一样。798 的许多作品借鉴了西方。

💡 与记忆对话

—— 798 艺术区的融合 ——

——我们记得你去了大山子艺术区。

——是的，就是 798 艺术区，这是北京的艺术区之一，但不是唯一的。北京还有今日美术馆、中央美术学院、酒厂等。主要是因为 798 最有标志性，游客都喜欢去。

——为什么 798 会这么有名？

——我觉得，因为那里是中国改革开放发展的象征。大山子在朝阳

区，新中国初期是军工厂，20 世纪 80 年代，国家开始重视经济发展，军事制造需求下降，那里开始衰败。这时，全球化开始扩张，那里在艺术产业里寻找新的空间。90 年代中期，中央美术学院搬迁至大山子附近，不久后，美国人罗伯特·伯内尔把他的画廊和美术馆搬到了那里，慢慢吸引了越来越多的艺术家、美术馆经理和设计师。

——那些废弃的旧建筑有一种后现代主义和后工业主义的魅力。在这片过时的土地上，艺术开始蓬勃发展。

——确实如此。人们越来越接受艺术概念，于是那里很快变成了一个走在消费主义最前沿的时髦地方。那里的艺术家开始不断营造一种轻浮、挥霍的风气，形成了一个恶性循环。艺术变成了只有富人才能享受的奢侈品。突然之间，出现了 BTAP（北京东京艺术工程）、798 时代空间，还有许多阁楼、出版社、设计公司、豪华的咖啡馆和餐厅。那里的人很多都是外国人。时装秀、公司派对，以及克里斯蒂安·迪奥、奥迪、卡尔文·克莱恩的发布会也开始在那里举行。

——但中国很快就会出现不适啊。

——在资本主义国家，一些服务少部分富人的文化产业最终也会生产大众化商品。名人穿过的鞋、戴过的表、穿过的内衣、戴过的太阳镜，会被拿出来卖给想成为他们的人。"如果我穿布拉德·皮特穿过的牛仔裤，那我就是布拉德·皮特了。"这就是某个品牌、某个场地的成功之处。我的艺术家朋友玛丽安娜·帕迪利亚曾研究过安迪·沃霍尔的作品和红色审美美学之间的融合。两者都存在重复性，重复意味着内容已经传递不出信息，只剩下重复。

——那这种融合性是不是象征着今天的中国？

——在中国，红色审美的重复似乎已经被市场化的重复所取代了。然而，重复的艺术策略不是 20 世纪才出现的，而是中国艺术中一直以来都存在。否则哪有那么多山水画，那么多人画竹子、画菊花？中国古典绘画基于对极少数图案和样式的无尽重复。

——你在 798 艺术区的画廊里也会产生同样的感觉吗？

——是的，为此我还有点失望。我看到了无止无尽的模仿。

——像日本人模仿外国那样？

——不完全像。在 798 艺术区，我清楚地看到，中国人疯狂模仿。每件作品都是无限重复的结果，行为、动作都一样，失去了作品本身的独特性、原创性，甚至谁是作者也不再重要。这有点类似一些为了扮

给别人看的少数民族，他们以复制自己的房屋、首饰、服饰、行为等为工作，同时也忠于传统艺术文化。

——中国古典艺术和西方潮流融合后出现大量重复内容，这很奇怪。

——我发现了一个寻找交集的融合点。说到西方对中国古典艺术的影响力，也就是仿效西方，最明显的就是，中国艺术家研究出了一套模仿、融合、吸收并加入自我元素的教科书式的循环体系。

　　一个秋天的早晨，我来到北京南站，乘坐我在中国坐的最后一次火车。火车带我领略了中国许多地方，这次我的目的地是上海。

　　我坐的是高铁——时速达 300 公里的子弹头火车，不到六小时，就从北京到了上海。

📋 棕色笔记本

――――― 高铁上看秋天（一）―――――

　　从西安到北京的一路风景让我昏昏欲睡，而现在，我在北京到上海的火车上，想认真看看窗外。

　　在某一时刻，一望无际的平原被几个山丘阻断。

外面一片绿色——秋季浓郁的绿，还有鲜黄色。

——— 高铁上看秋天（二）———

　　一片绿色中有许多房屋。美丽又简单的建筑，双坡的瓦屋顶。小块的绿色田地被一排排高大的树木隔开，田地之间还有小池塘，池塘里养着鱼。

　　有些地方只种一种植物，另一些地方，则有各种不同的农作物交织在一起生长。

💡 与记忆对话

—— 不变的习俗 ——

——等你从中国回来，大家都会问你，中国人有什么隐秘的习俗？

——有些隐秘习俗在阿根廷人看来像外星人所为一样。女孩们喜欢画眉，男孩们小拇指上留长指甲，就像某种乐器。我想知道，这些小习俗是多少代人流传下来的。

——这些都是保留很久的习俗了吗？

——有些旧习俗几乎已经消失了，比如编辫子。还有一些也快要消失了，比如小孩子的开裆裤，方便弯腰、上厕所。另外有一些跟西方认为的文明规范相反，特别是卫生方面。

——那些跟西方推动的规范相反的习俗还会继续保留下去吗？

——也许有些习俗是大家无意识遵守的。

——比如？

——比如不把自己的意愿强加给他人，不拒绝他人，还有追求工作上的晋升、习惯服从上级、解决问题的实践能力。这些习俗甚至会对西方人造成影响。

📋棕色笔记本

——————高铁上看秋天（三）——————

我们以 300 公里的时速通过一个个车站。

在城市里，到处是高楼大厦。

我真想坐一千次火车走这条路线，最好是稍慢的火车，这样可以更好地享受风景。

💡与记忆对话

——————有尊严的摄影师——————

——在北京到上海的旅途中，我突然想起冯证，就是那个带我去拜访藏族人的摄影师。

——那个把切·格瓦拉看作英雄的人？

——是的。

——你怎么突

然想起他了？

　　——不知道，可能是因为我开始回顾整个旅程了。我在火车上，还看到他发的一条文字信息："全世界的人都希望过上舒适的生活。但没有什么比自豪感、有尊严的生活和理性的独立思考能力更重要。"

20 | 上海

上海的兴盛始于西方列强侵华时期，是当今世界全球化的产物。在将近一千年的时间里，上海只是一个漂浮在历史河流上的村镇，直到19世纪，英国人用大炮轰开中国的国门，把上海变成了最早开放的通商港口之一。上海多个区域曾被英国人、法国人、美国人占领。

1937年，日本人侵占上海，直到二战结束。中国革命胜利后，许多商人将原本在上海的业务转移到了香港。我到上海也跟这样的历史进程有点关系：如果20世纪40年代末南洋纱厂没从上海搬到香港，它也不会跑到阿根廷投资；如果南洋纱厂不到阿根廷投资，我父亲就不会去阿根廷；如果我父亲没移民阿根廷，我就不会到中国。在一段时间内，上海的发展有所减缓，但1979年开始的改革开放使上海迅速发展和扩张。

作为全球化产物，今天的上海也是全球化最显著的成果之一。上海是世界金融和国际贸易中心。浦东成片的、壮观的摩天大楼组成的金融中心，就是最好证明。

到上海时，我有些疲惫。上海是我漫长的中国之行的最后一站，我决定不做什么打算，只是到处闲逛。我就像上海曾经漂浮在海上一样漂浮在上海，在这种状态下，我感受到中国如何用时间、用什么样的方法去打造一座城市。

在上海，我看到时间是如何折叠的。我从当下放眼望去，已成定局的过去和辉煌美好的未来同时展现在眼前。在上海，各个时期的建筑并存，每个建筑都属于不同年代，各有风格。

在旅行结尾，我看到了时间的尽头，而这个故事没有尽头，因为在上海，时间的线性已经在我眼前消失了。

在处于折叠状态的时间里，我去了外滩——黄浦江边上的长廊。从那里看对岸，23、24、25 世纪的钢筋、玻璃建筑正散发着光芒，比如上海金融中心、金茂大厦、陆家嘴一号、东方明珠电视塔，还有其他高到不真实的摩天大楼。我行走在来自中国各地的游客之间，在外滩度过了一个又一个下午，散步，或坐下，书写，偶尔跟人闲聊几句，拍照，让接近尾声的旅程里的不同片段像黄浦江里的水一样在眼前慢慢流淌。

棕色笔记本

—— 上地铁 ——

上海，我中国之行的最后一站。我从北京坐高铁过来，刚下火车。

还记得在广州时，我花了十分钟找人帮我买地铁票，而这里买票是全自动的。我看到有一家中国人，似乎也是第一次买地铁票，觉得很有意思。

社交分享

古斯塔沃·伍：天亮了。我现在看到的阳光，你们要到明天早上才能看到。

玛丽拉·曼西亚特拉：你能看到我们的未来。

古斯塔沃·伍：我从北京南站坐高铁来上海。坐高铁！我连上卫生间的时间都没有。感觉刚离开北京，火车扩音器里就传出了一位女士的声音说："本次列车终点站上海到了，请做好下车准备。"

棕色笔记本

——— 流浪上海 ———

我在上海没什么计划。我通过"沙发客"联系到一个女孩，她邀请我住到她家。有个朋友本来等我过去，但他今天告诉我，明天他要出差。我本来还跟阿根廷领事馆的一个人约了，但我不抱什么希望。

上海有个关于一群巴斯克回力球运动员的故事值得研究：有一群巴斯克人在远东打球，吸引当地人为他们下赌注，等他们到了中国，发现当地爆发战争，只能留在上海，等待战争结束。我年轻时，曾有同事带我去认识当时正在阿根廷访问的巴斯克自治区政府主席。同事当时把我当名人一样介绍："何塞·安东尼奥·阿丹萨先生，我想向您介绍一个独一无二的人，他有一半巴斯克血统，一半中国血统。"没想到阿丹萨

先生说:"可不止他一位,在上海有很多这样的人。"接着,他说起那个故事,"他们在那里停留了两三年,当然,其中一些人在那里结了婚,定居下来,也有了下一代。"

我可以去追寻一下这个故事,但我更想随便流浪,漫无目的地流浪。我可能会错过那些旅游景点,远离专门为游客准备的大街小巷,迷失在这座城市里。

💬 与记忆对话

——— 一段漫长的历史 ———

——我从早上 8 点开始就在上海街上拍照片。

——这里那里似乎都包含一段历史，可能是一段漫长的历史。

——你拍了些什么？

——我从一家餐厅望出去，看到在一些挂着电线和衣服、又老又脏的建筑后面，有许多巨型的摩天大楼。

棕色笔记本

——— 圆脸蛋 ———

当我在"沙发客"上说，我将要到北京时，一个女孩提出愿意收留我。关于跟她一起的相处故事，我在前一章里写过。而这次我在"沙发客"上说，我将要到上海时，另一个女孩也主动邀请我去她家住。不过，这个女孩跟前一个女孩非常不同："你可以来，但请仔细阅读我家接待沙发客的要求，如果你认为自己无法满足这些条件，那请不用来了。"

"沙发客"上有无数古怪的要求，比如"请自备卫生纸，我们这里不是卫生用品仓库""如果你吸烟，或在近三年里吸烟，请别找我，我这辈子不想见到烟民""请不要与我室友交谈，如果您找不到地方停留，那不是他们的错"。我笑笑，决定接受游戏规则。我经常意识不到，自己在开玩笑时，对方并没在开玩笑。我怕自己有天被人杀了还不知道原因。

我到上海后，跟这个女孩约在她家附近的一家餐厅见面。我请她吃了顿饭以表感谢，也跟她说了我为什么来中国，为什么向她申请住宿，以及我在上海的计划。

她长着一张圆圆的脸蛋，像满月一样圆，皮肤白皙光滑，眼神却像鱼一样无动于衷。她的身体姿势漫不经心、随意扭动，好像完全不关注周围人的眼光。我每说一个观点，她都会像一只昏昏欲睡的猫聆听人类的话一样回答我。等我说到第三点，她似乎已经开始头昏眼花，等到了第四点，她举起一只手，手掌摊开，说"我知道，我知道"。

过了一会儿，我问她是否出生在上海。

"这个信息在我的'沙发客'个人资料里。你看过了吗？"她开始有些不耐烦，"天啊，你别跟我说，你没看过我的主页？那我还得给你重复一遍我家的要求？"

到了她家，她继续给我灌输各种警告。她让我把东西放到她房间里，晚上在她房间里的一个充气床垫上睡觉。接着，她说："好了，请别打扰我了。"说着重重关上了门。我就这样待在了一个不带窗户、阴冷、寂静、天花板上挂着一盏灯的房间里。

一会儿，一位室友出现了。他跟我打了个招呼，但看都没看我一眼，就像一只小老鼠一样很快钻进了自己房间里。

天黑了，女主人的房间里没有任何动静。

第二位室友出现了，是一个从纽约来的男孩。他听说我在纽约生活过，显得很兴奋，但他说话声音非常低，而且一直很警觉。接着他跟我说"我走了，得保持安静"，然后迅速用脸部表情指了指那个"疯"女人的房间。

最后，我敲了她房间的门，进去睡觉了。

我开始铺床准备睡觉，那女孩盯着我的一举一动。等我准备躺下时，她跟我说："这样不对。"

"什么？"

"你别睡在毛毯下面！你没看到它会掉下去吗？"

"我没明白。"

"起来，快，起来！"

她下床，我停下动作，她来到充气床垫前，盖上一层毛毯，告诉我睡在毛毯上，用床单当被子盖。

那是我整趟旅程中过得最不舒服的一个晚上。

我梦到自己跟朋友们坐着一条树皮做的船，船一直在往下沉。某个时候，我被自己的呼噜声吵醒了。"怎么回事！"我想到要是我的呼噜声把那女孩吵醒了，她得多生气。想到这一点，我突然觉得好笑，开始只是轻声笑，后来就控制不住笑了出来。

"怎么了？！"她从床上大喊，"你怎么回事？！"

她开始放出一大堆诅咒的话，我开始穿衣服，准备走人。她跟着我从五楼下到一楼、走到街上，一边大喊大叫。

一开始，她骂骂咧咧，接着对我大喊："你要去哪里？你要去哪里？"最后，她命令我留下来，还抓住我的手臂。

我几乎绝望得想逃离。

——— 每个人遵从自己的节奏 ———

大多数人都遵守红绿灯。但总有些人想插队排到你前面。我对于这类事，无法做到尊重所谓的文化差异，也无法接受作为外国人要谦让的说法，我开始反击。有次上火车，我用手推了一下插队的人胸口，还有个老人推搡我，想先把自己的行李通过安检，我对他吼了一声。但正在我决定不再忍受这种没礼貌的行为时，我又开始问自己，这算不算无礼？

或许实际情况只不过是，每个人有自己的生活节奏。比如那天在餐厅里，我们点了两个菜，服务员上了四道菜。或许他不是为了多挣点钱，而只是给我们加了一些他认为我们需要的东西（实际上，最后证明他的想法是对的），目的是让我们满意？

当然，这意味着我们得付双倍钱，但其实也没多付多少。所以说，有时我们把别人当成一个骗子，而那人实际上可能是个很周到的主人。

—— 穿衣打扮 ——

在外滩，有个长得像保罗·纽曼的美国人朝我走来，开始跟我说话。

"你注意到这里人的穿着没？真的太棒了。他们会用不同形状、材质、颜色进行各种搭配。在美国，或许我们选择的更多，但大家穿什么？牛仔裤，永远是牛仔裤，所有人都穿牛仔裤。就跟制服似的！"

"你在哪儿生活？"

"芝加哥。"

"你想过来这里生活吗？"

"等我退休，我就搬来上海。"

"为什么？"

"这里以前不怎么样，但现在比我们国家任何城市都更适合生活。"

——— 新奇迹 ———

我内心感到无比自在，于是在外滩写作、拍照，度过了一整天。从外滩可以遥望上海未来主义地区之一——浦东。

浦东有一片闪闪发光的摩天大楼，完全符合上海作为"东方明珠"的美誉。

我读过一些中国建筑师对于在中国疯狂建高楼的批评。他们认为，这些由世界著名设计师设计的高楼虽然可以显示权力、推动经济，但没有充分考虑到城市规划和环境问题。

浦东的独眼巨人就像是未来嫁接到当下的产物，它们之间互不相干。

楼与楼之间没有对话。每一栋楼都仿佛交叉着双臂，显示自己的磅礴和重要地位。

社交分享

古斯塔沃·伍：明天是我这次旅行的最后一天。谢谢你们一路陪伴我。我在这里游历一切时都会想到你们。等我回去，你们谁也别想逃，都得听我讲。你们就祈祷我活不了几年了吧。

加比·费拉里：你的故事会世世代代流传下去的。

古斯塔沃·伍：我来跟我喜欢的这个地方告别，心里很不舍。有的人喜欢观赏山间尚未被人发现的安静湖水，而我则开始慢慢享受车水马龙。

巴布罗·马科夫斯基：我之前就估计，这场旅行不会结束。对我来说，可以跟随你一起阅读你经历的事，跟当地人这样近距离接触，听听他们关心的事物和观察角度，这一切都很美好。不幸的是，我现在得等着你回来给我展示马拉松一样的摄影展了。

伊琳娜·伍：我的一个中国超市的朋友让我转告你："别自以为聪明哦，下次我带你去。"

巴布罗·马科夫斯基：说的没错！看来不是所有中国超市里的中国人都像枯燥的周一一样。

💡 与记忆对话

——— 中国青旅 ———

——你在喀什住的青旅，设计得非常国际化，给你留下了深刻印象。

——那种全球化的风格在中国尚未意识到时就已经慢慢自发形成了。当然，喀什的青旅有自己的中国元素。它是一家人经营的，经常可以看到老板的母亲带着孙子玩，但另一方面，那里的生活节奏很快。黑板上每天都会更新海报，上面是第二天游览团的信息。

——你在上海也是住青旅吧？

——上海的青旅非常不一样，特别干净。一进去，就能看到前台有个穿着西装的人坐在电脑前。住宿的区域要刷卡才能进。如果要在洗衣房洗衣服，可以在前台买肥皂，当然也能买到洗发水、香皂或牙膏。什么都有，当然全都不是免费的。我不会碰到有人问我借洗发水或肥皂，也没人会邀请我去某个地方坐坐，或找我聊天。我看到的所有人都像待在酒店里一样，各自行动。

——真是跟酒店一样。

——我住的这家青旅还是连锁店。打扫卫生的女孩只负责打扫卫生，并且穿着制服工作。但那里的价格完全是青旅的收费标准。

——青旅里还有什么？那里面住的年轻人也跟其他国家的青旅里的年轻人风格一样吗？

——我挺怀疑"青年旅馆"里的"青年"说法，因为我住的这家青旅里没什么年轻住客。只有一些中国年轻人结伴来住，但他们只有睡觉时才回来。他们不会花几个小时跟陌生人聊天，通过其他住客的经历来了解这座城市，也不怎么想在青旅里交朋友。他们在青旅里的活动范围基本就在房间和卫生间之间，来去匆匆。别人跟他们打招呼，他们也不太回应，甚至有点害怕别人找他们聊天。在这家青旅里，真正有青旅住客态度的是一个澳大利亚人和一个法国人，两个人年纪都比较大。法国人大概有七八十岁的样子。当然，他看上去不老。澳大利亚人和我年龄差不多，喜欢说笑。

——老年人在世界各地的旅馆中都显得有些格格不入，但还是他们保留着青旅的精神。

——是的。我跟澳大利亚人一起研究洗衣房怎么用。法国老人邀请我一起去喝智利红酒，我们一边喝，他一边跟我分享漫长而奇妙的经历。他曾为一家中国公司工作，在非洲一个港口当负责人，他的爷爷拿自己在墨西哥淘金赚的钱在俄罗斯买了铁路，1954 年中国领导人访问瑞士的时候，他还负责给他们拍照。我们讨论着，中国是如何在政治思想上结合自己的实际与时俱进，又是如何发展带有自己特色的市场经济的。

——你们还在青旅里讨论这些话题。

——在喀什时，我就在想，中国的青旅会朝什么方向发展，要知道，中国一般开始模仿外国，然后就会根据自己的方式加入自己的元素，这是一种中国气息非常浓郁的融合，这种融合最后会形成一个独一无二的产物。

———— 在上海机场准备回国 ————

——你又到机场了。

——有时候只是"又一次"，有时候却有非常特殊的意义。

——机场就是一个"非场所"，是个非常临时性的地方，这也是非

常临时性的时间，可以叫作"非时间"。

——是的，马克·奥热提出的"非场所"的概念非常具有启发性，但我坚持认为，不存在纯粹的"非场所"，只存在"非场所"的属性，也不存在纯粹的"时间惯例"或纯粹的"非时间"。一遍又一遍经历同一件事的重复感，更像是时间的属性，而不是它的意义。上海机场没什么特别，机场的空间里，飞机出发、抵达，时间也随之暂停、继续。然而，对我来说，上海机场里的场景以前从未出现，以后也不会重现。我即将告别我的第一次中国之行，这里是我这次创始性旅程的终点。

——你说得真深奥。什么是创始性旅程？

——就是一次旅行，一次重要旅行，旅行人的内心随着旅程的铺展而产生变化。通过许多不同的强烈体验，旅行人开始产生新的感受，思想也随之变化。他开始旅行，而旅行最终使他蜕变成另一个人。他走过的路，教他成长为另一个人。

——为什么你说你第一次中国之行是创始性旅程？

——因为在这次旅行中，我发现了在我身上缺失的部分。想象一下，你从小就知道，你有一个哥哥生活在地球另一端一座非常遥远的城市。在你一生中，总有些东西永远不会停息，你心里一直想着那个哥哥。他长什么模样？他过得怎么样？他有孩子吗？长得跟你像吗？你想认识他吗？最后，等你过了 50 岁，你终于有机会去认识他了。你去认识他的经历可能是好的，也可能是坏的，但它一定是你人生中最深刻的烙印之一。它将改变你的人生。旅行结束，你变成了另一个人。

——怎么说？你有哪些变化？

——我觉得读者对这些心理问题不感兴趣，但我觉得自己有义务跟他们分享我的旅行。

——为什么你觉得有义务这么做？

——我是作家，除了写作，我几乎什么也不会。我看到或想到的事，如果不去述说，就像是一种浪费。但我认为有必要以书写的形式来分享我经历过的不同世界。

——那么这次旅行中的世界就是中国了。

—— 一部分关于中国,一部分关于中国在我心中引起的思考。

——你会向谁诉说这次旅行?

——首先,我会告诉阿根廷人。中国经常向阿根廷人释放一些信息,介绍那里的景点,但阿根廷人很少关注这一点。为什么呢?因为阿根廷人接收到的信息,跟其他拉丁美洲人接收到的一模一样,换句话说,这些信息不是专门针对阿根廷人的。准备这些信息的中国人会问自己:"拉美人想了解什么?"然后他们自问自答。但那些答案只是假设,因为他们没去问过一个哥伦比亚人、一个西班牙人、一个阿根廷人。他们设想的是,首先,西班牙人、哥伦比亚人、阿根廷人想知道的是相同的东西,但事实上并非如此!他们是非常不同的群体。第二,他们认为自己讲述的内容都是受众感兴趣的,但实际上,受众根本提不起兴趣。第三,他们只喜欢谈论"积极的"话题,避免任何冲突性的问题,但阿根廷人认为,任何关于中国的正面消息都是政府的宣传而已。跟许多西方人一样,阿根廷人本能拒绝宣传性的事物。第四,中国人不了解阿根廷人的观察角度。阿根廷人关注的话题可能是中国人没想到的,而且阿根廷人看这些话题的角度也跟中国人不同。比如,阿根廷人对事物的情感方面非常感兴趣,而不会特别关注中国文化有多么伟大。这些只是个别几个例子。

——所以?

——所以我要用阿根廷人视角来向阿根廷人讲述中国。我知道阿根廷人对哪些话题感兴趣以及他们想怎么了解这些话题。另外,我也想跟中国读者分享这次中国之行,因为我身体里流淌着一半的中国血液。我希望,中国读者可以通过一个外国人的视角来观察他们自己的国家。

——好吧,工作量很大。我们先不聊了,你开始工作吧,开始写书吧。

——是的。

后记

　　90%的阿根廷人至少有一位祖辈出生在其他国家，几乎每个阿根廷家庭里都有外国人，外国人之间结婚的比例也很高。因此，由民族主义竞争导致的家庭内部摩擦也很常见。我母亲生在一个由西班牙巴斯克人、加利西亚人，以及意大利人组成的大家庭，她有15个兄弟姐妹。我母亲曾收留过我父亲、爱过他，但后来也看不起过他。母亲的家人在我和我父亲之间拉开一道鸿沟。他们想让我在阿根廷和中国这两种身份认同中做选择。我身边没有中国家人，父亲也总不愿意提及过去，因此我的中国根也就渐渐消失了。

中国根就这样在我心中沉睡了 50 年。突然，它醒过来了，就像一颗沉睡了很长时间的种子一样开始发芽了。

我心里有股力量逼迫我站起来，去美国——父亲现在定居的国家找他，跟他和解，然后向我们的根——中国出发。

我在这些书页里记录了我漫长的中国之行。回阿根廷后，我开始讲述我在中国看到的、经历的事情，还有我内心发生的变化。

我第一个讲述的地方在我出生的城市圣尼古拉斯。虽然我已经离开那里很多年了，但我母亲那边的家人大部分还在那里，那里还有我的许多朋友。我请上他们所有人，给他们看照片，向他们述说我的旅行经历。

当时，我母亲已经病得很重了。我本来准备取消那次分享会，但她要求我继续组织，还承诺她一定会出席。活动当天，她果然在那里，非常优雅，为她儿子感到自豪，也为那么多人来听他的分享而感到开心。

我母亲是个自尊心很强的人。她不爱谈论个人的事。她知道她的家人对我父亲、对我不好，但她从没为这事向我道歉，尽管如此，我知道那些事对她也造成了很大的伤害。那天，她也没告诉我，她为我可以弥补跟父亲之间的鸿沟而感到高兴。但我可以感受到，她终于可以放下这件让她不安、让她作为母亲感到内疚的事了。现在，她的儿子终于找回了他的根。他是一个完整的人了。

十天后，母亲去世了。

我之所以记录这次中国之行，是因为我需要释放。中国为在世界各地建立孔子学院做出了巨大努力，目的是在中国人和其他国家人民之间建立起沟通的桥梁。我在阿根廷创办的《当代》杂志，这次旅行，还有这本书，也是希望为中国和他国之间的桥梁建设贡献一粒细沙。

通过推动建立这座桥梁，我将我身体里两个分裂的部分融合在了一起，我的愿望圆满了，我也希望创造一片空间，让他人也可以穿行，比如我的那些还没去过中国的华裔亲戚，我的孩子们，还有所有那些愿意去探索中国的人。

古斯塔沃·伍：大家好。我刚在埃塞萨降落，上帝保佑。

玛丽拉·曼西亚特拉：这些天来通过电话感受眩晕、肾上腺素飙升、温柔的感觉很美好。我每天起床后，另一个维度里的事情潜入我的厨房、我的工作里，之后我还会讲给其他人，说："看，我一个朋友现在中国呢！"我还跟他们分享你的故事……尽管我以前想起奶奶时也经常动笔。一场冒险结束了……另一场要开始了。拥抱大家。

伊琳娜·伍：能在群里阅读这些信息，很开心、很有趣。每天都等着新的照片、新的故事。现在我们等着你飞回来，跟我们一起度过令人激动的时刻，跟你的家人好好团聚，也让我们之间的关系更紧密。好了，以下是我的临别赠言："我不祝你有个美好的未来。我愿你有个幸福的过去。"

我母亲去世后，我给我爸爸的妹妹卡伦写了一封信，我跟她说了我的旅行。我说，我们人类让自己的根深扎在土地里，成长、萌发出共享的身份认同。当我们意识到我们本是同根生，我们就能更好地理解自己是谁，也就明白了，我们是一家人。

"我已经去了台山——我的祖先生活的地方，我希望其他人也可以跟随我的脚步。我希望，我的妹妹、表兄弟姐妹，我的后代，也可以重走这条路，寻找我们的根。我们的村子已经存在了一个多世纪，它所在的国家已经存在了几千年。在那里，你可以看到世界另一端的人们，更可以看清你自己。我希望，我们所有人都能找到那种归属感。我们的祖先不是来自一条船或一架飞机，而是来自世世代代人耕耘的大地。我们也属于大地。"

卡伦姑姑让我介绍一下自己，好让她向那些不了解我的在美国的中国亲戚介绍这次旅行。

于是我写下了下面这段话：

我今年51岁，属虎。

我有四个孩子，他们有两个不同的生母，包括我在内的三个不同生父。

我是作家。

我住在阿根廷，一个遥远的国度，地域辽阔，人口很少。

在这里，人们都叫我"中国人"。

我小时候跟别人不同，因为我是"中国人"，但我并不知道，作为中国人意味着什么。

我对中国根的好奇从未在心中平息过。

我不知道作为中国人意味着什么，但别人告诉我，我的头发、我的眼睛、我的鼻子就证明了我是中国人。

还有我的姓——伍，这是一个困扰阿根廷人的姓氏。

有些人甚至以为这是一个密码。

可是，这个密码可以让我走到哪里？

走近你们。

走近我的中国根。

我曾努力想找回我的中国根。

我曾尝试翻译《道德经》，临摹我父亲的一个朋友的画作，学习一些中国书法，并开始创办一本关于中国的杂志。

我一直在努力追回那些从我身上被剥离的东西。

我无法摆脱这种想法。

现在我跟你们这些中国亲戚取得了联系，我不需要再努力证明自己流淌着中国血。我只需要看着你们，在你们的脸上找到我自己的脸。

能拥有一家人，真是莫大的欣慰。

编后记

　　作者古斯塔沃·伍，系阿根廷籍华裔，中阿混血，曾旅居美国，因华人父亲而对自己的家庭、人生产生了诸多困惑，也对中国产生了探究的冲动，有意识地去探索自己的中国血缘，试图了解并阐释中国的文化。在知天命的年纪，他终于有机会踏上中国的土地，行程10134公里，和各个地方的中国普通群众打交道，真切触摸、感知这个带着神秘感的东方国度。

　　作者以游记的形式将自己的所见所得呈现出来，从一个侧面反映了中国的风土人情与生活状态，这是客观的，也是主观的。说其客观，作者的确以一个旁观者的角度，较为详细地记述了自己眼里的中国，虽谈不上多深刻，但都真实可信。说其主观，毕竟这是一个独立个体的所见，不能较全面地呈现新中国成立以来，尤其是新时期中国建设取得的巨大成就和人们日益提升的生活水平。作者对中国的认知，部分层面上还停留在新中国初期甚至更早，其所关注的和理解的难免有偏颇，加之所见所闻也有偶然性，不能简单地贴标签处理。而编者认为，这种客观与主观，都是一个真实的外国人对中国当前状况的真实认知，我们当理性看待，予以包容和理解，并思考如何改进。

　　整体上，我们也能看到，作者对高速发展的中国持肯定的态度，对个别可能的不足的见解也是一种善意的批评与建议，且不说它是清晰的还是模糊的，是全面的还是片面的，是准确的还是谬误的。

总之，我们试图把一个外国作者眼里的中国真实地呈现给各位读者朋友。这本书是否解答了作者由来已久的困惑，帮他寻找到了自己的中国根，找到了自己的人生密码，还是由读者们来判断吧。

图书在版编目（CIP）数据

穿越中国的 10134 公里 / （阿根廷）古斯塔沃·伍著；
朱婉君译 . -- 北京：朝华出版社，2024.5
ISBN 978-7-5054-5473-6

Ⅰ.①穿… Ⅱ.①古… ②朱… Ⅲ.①游记 – 作品集
– 阿根廷 – 现代 Ⅳ.① I783.65

中国国家版本馆 CIP 数据核字 (2024) 第 091413 号

穿越中国的 10134 公里

作　　者　［阿根廷］古斯塔沃·伍
译　　者　朱婉君

出 版 人　汪　涛
责任编辑　张　璇
特约编辑　范佳铖　沈羿臻
责任印制　陆竞赢　崔　航
封面设计　佰林时代

出版发行　朝华出版社
社　　址　北京市西城区百万庄大街 24 号　　　邮政编码　100037
订购电话　(010) 68996522
传　　真　(010) 88415258（发行部）
联系版权　zhbq@cicg.org.cn
网　　址　http://zhcb.cicg.org.cn
印　　刷　廊坊市印艺阁数字科技有限公司
经　　销　全国新华书店
开　　本　710mm×1000mm　1/16　　　　　字　　数　255 千
印　　张　17.5
版　　次　2024 年 5 月第 1 版　2024 年 5 月第 1 次印刷
装　　别　平
书　　号　ISBN 978-7-5054-5473-6
定　　价　98.00 元